CB017194

CAROL DIAS

ESPERE POR MIM

1ª Edição

2018

Direção Editorial: Roberta Teixeira
Arte de Capa: Gisely Fernandes
Revisão: Kyanja Lee
Diagramação: Carol Dias

Ícones de Diagramação: Freepik/Flaticon

CIP-BRASIL. CATALOGAÇÃO NA PUBLICAÇÃO
SINDICATO NACIONAL DOS EDITORES DE LIVROS, RJ
Vanessa Mafra Xavier Salgado - Bibliotecária - CRB-7/6644

D531e

Dias, Carol
Espere por mim / Carol Dias. - 1. ed. - Rio de Janeiro : The Gift Box, 2018.
200 p. ; 23 cm.

ISBN 978-85-52923-36-7

1. Romance brasileiro. I. Título.

18-53683
CDD: 869.3
CDU: 82-31(81)

Para Paula Tavares, que lê cada linha do que eu escrevo e
nunca para de me incentivar.
Obrigada por ser a melhor amiga do mundo.

PRIMEIRO

MEL

— Você não vai. — Fiz toda questão de ignorá-lo enquanto terminava minha mochila. — Estou falando sério, Pâmela. Você não vai fazer isso.

Eu ri e coloquei a mochila nas costas.

— Tente me parar, Toni. — Achei meus óculos escuros e a chave de casa. — Vou encontrar a Júlia e sair para o aeroporto. Quando eu chegar em Cali, aviso.

— Droga, Pâmela, não me faça amarrar você no pé da cama.

Parei na porta do quarto e virei para ele, encarando-o. No auge dos seus 28 anos, Toni tinha o porte físico que metade dos homens do mundo inveja e 80% das mulheres deseja. Ele é um superlutador dos pesos meio-médios da MFL e já ganhou o campeonato, sei lá, umas seis vezes, entre as dez que disputou (Jonah, meu melhor amigo, ganhou as outras). Não me pergunte muito sobre isso, porque eu não sei responder. Isso você pergunta ao Toni. Bom, talvez nem precise perguntar. Ele adora falar sobre suas vitórias e conquistas na MFL. A Liga e ter ciúmes de mim são suas atividades favoritas atualmente.

Enfim, meu namorado é um peso meio-médio negro com o corpo completamente malhado. Ele não é lá um cara de muitas tatuagens, como os outros lutadores da MFL, mas tem algumas nos braços de que eu gosto bastante. Sabe ser charmoso e dar um sorriso matador quando quer, mas também sabe fazer cara feia. Sua cara de mau é uma das coisas mais evidentes sobre ele. Eu até gosto quando Toni chega em casa chateado, porque eu consigo irritá-lo até que me dê um belo sorriso e a gente se entenda, mas não gosto quando ele *fica* irritado *comigo*. Ciumento, então... Toni é a pior pessoa.

— Você não vai fazer nada disso, Toni. É um clipe de três minutos, não um filme pornô. — Completamente irritada com a situação, eu apontei meu dedo indicador para ele. — Se você insistir em me irritar, vou fazer questão de fazer alguma cena de *topless*.

Ele fechou ainda mais a cara.

— Não me tente, Pâmela.

Eu bufei e dei a volta, caminhando para o corredor.

— Faça o favor de me respeitar, Toni. Você não é meu dono. — Consegui chegar à porta do nosso apartamento.

— Eu não quero você mostrando o corpo para todo mundo naquela droga de clipe. Você não precisa do dinheiro, sabe disso. O que ganho é suficiente para nós dois termos uma vida tranquila, e você não precisa trabalhar. — A pose de macho alfa não o abandonava: pés afastados, mãos na cintura, peito malhado à mostra, cara de mau.

— Não vamos nem discutir sobre isso. — Abri a porta do apartamento. — O corpo é meu e faço o que eu bem entender. Não é você quem vai dizer se eu devo trabalhar ou não. — Saí para o corredor em direção ao elevador, caminhando calmamente.

— Não ouse fazer isso, Pâmela. — Ele usava seu melhor tom ameaçador, mas isso não funciona comigo. Depois de tanto tempo de relacionamento, sei que são ameaças vazias. — Volte aqui. — As palavras saíam entre seus dentes cerrados.

— Ou o quê? — perguntei, chamando o elevador. Isso já estava começando a me cansar. Pelo menos, só havia mais um apartamento no corredor e era, felizmente, de Declan, que já está acostumado com a nossa gritaria. Puxei o telefone do bolso e mandei uma mensagem no WhatsApp para a Júlia, avisando que eu estava descendo. — Vai me expulsar de casa?

Toni estava bufando. Era óbvio que ele não iria fazer isso. O elevador chegou e me poupou de uma discussão maior.

— Vamos conversar quando você voltar, mas saiba que eu odeio o que está fazendo — anunciou e segurou as portas do elevador, sem deixar que eu descesse.

— Eu diria que sinto muito, mas quem está sendo um idiota é você.

Com raiva, socou a lateral do elevador. O som ressoou por todo o andar onde morávamos. Congelei por alguns segundos, assustada com a demonstração de raiva. Claro que o elevador era feito de um material bem resistente, mas ele usou bastante força. Imaginei o que um soco desse não faria se fosse direcionado a alguma parte do corpo humano. É por isso que os seus rivais costumam sair tão machucados. Mas Toni sabia que eu estava certa e não iria voltar atrás. Estava escrito no rosto dele o quanto me achava teimosa.

— Mel... — apelou para o apelido, mas não deixei que isso me comovesse.

— Volto em dois dias. — Selei os lábios dele e o empurrei, assim o elevador pôde fechar em paz. A última coisa que eu vi foi sua face irritada.

Quando consegui chegar ao térreo, Júlia já estava me esperando, ao lado do carro de Jonah. Pelas janelas abertas, imaginei que ele estivesse lá dentro.

— *Because I'll love you everyday and all night. Ni-n-ni-night. Ni-ni-ni-night.* — A ridícula começou a cantar e eu ri, empurrando-a para dentro do carro.

All Night é o nome da música que eu estou indo gravar um clipe. A história de como eu acabei participando disso é longa e complicada. A versão resumida é: Júlia conhece alguém que conhece alguém de uma empresa de modelos que geralmente atuam em videoclipes. Essa pessoa, numa mesa de bar, comentou que eles estavam em busca de uma garota com características bem específicas para um clipe do cantor Carter Manning, porém não conseguiam encontrar. Ela teria que ter pele morena, curvas, olhos grandes e sorriso largo. Aparentemente, eu tenho tudo isso. Júlia mostrou uma foto minha para esse cara e ele levou para a produção. Eles gostaram e aqui estou eu indo para a Califórnia.

A situação é que essa frase é do refrão da música, completamente chiclete. Desde que eu contei à Júlia qual seria a música que iríamos gravar, ela começou a cantar a bendita toda vez que me vê.

— Oi, Jonah. — Estiquei-me entre os bancos da frente e beijei o rosto do meu melhor amigo. — Obrigada por fazer isso.

Ele deu de ombros.

— Tudo por você, Pam. Agora coloque seu cinto de segurança, por favor.

Eu voltei para o meu lugar e ri, porque esse era meu amigo protetor.

Jonah e Júlia são meus melhores amigos da vida. Eu o conheci praticamente no berço e nós crescemos como os melhores amigos do mundo inteiro. Os pais dele — dois americanos que mudaram para o Brasil logo que se casaram — sempre acharam que iríamos namorar e casar, mas nós simplesmente não combinamos. Tudo o que conseguimos sentir pelo outro é amor fraterno. E isso é algo bem estranho de se dizer, considerando que ele é o segundo peso meio-médio mais gostoso da MFL — Toni é o primeiro, claro. Ok, às vezes ele deixa aquele cabelo crescer demais, o que fica levemente estranho, mas mesmo assim... Inveje minha amiga, querido. Ela tem um gosto incrível para homens (principalmente se você olhar a sua longa lista de ex-namorados gatos).

Antes que você pergunte, Jonah tem, sim, um apelido ridículo de lutador. Qual deles não tem, afinal? Seu apelido é Tiger, mas eu o conheço bem antes disso e, bom, não sou completamente fã de apelidos, então ignoro e continuo chamando-o pelo nome. Meus amigos gostam de chamá-lo de Tiger, e Júlia diz que só o chama assim quando estão sozinhos entre quatro paredes. Argh. As imagens mentais que eles nos dão de vez em quando são péssimas.

Por falar nela, Júlia é a minha amiga mais louca de todas. Com o dinheiro fruto do suor do trabalho dos meus pais, pude fazer um mês de intercâmbio no Canadá. Fui com a faculdade, mas nenhuma das minhas amigas foi. Eu a conheci no avião e, coincidentemente, ficamos na mesma "república", o que nos uniu de forma inimaginável. Nós nos grudamos uma à outra e desbravamos juntas o Canadá. Foi incrível.

Anos depois, na sua primeira luta, Jonah me obrigou a ir visitá-lo. Júlia estava morando nos Estados Unidos e precisando fazer vários trabalhos diferentes enquanto não deslanchava sua carreira de modelo. Consegui que ela fosse a *ring girl* da luta dele e foi assim que os dois se conheceram.

Júlia é uma loira escultural e meu BFF parecia um cachorro babão quando a viu nos bastidores, depois da luta. Ele disse que estava muito focado e que tenta sempre não olhar para as *ring girls* quando vai começar uma luta, para não deixar uma mulher distraí-lo. Por isso, assumiu que não prestou muita atenção nela, mas quando ela entrou na sala de descanso junto comigo... Eu pulei no pescoço dele, morta de saudades do meu melhor amigo e querendo felicitá-lo, mas o bobão só conseguia olhar para a sua nova musa inspiradora. Desde então, eu não tenho vez nessa história. Fui colocada em terceiro lugar na vida dele, mas não reclamo de jeito nenhum. Quero mais é que os dois sejam muito felizes.

Nós chegamos ao hospital sem que eu notasse o tempo passar. Sim, eu estava prestes a viajar para Califórnia para gravar o clipe de *All Night*, mas antes eu precisava passar na minha ginecologista. Karen é, na verdade, outra das minhas melhores amigas. Pode parecer estranho, mas é que eu prefiro abrir minhas pernas para alguém que eu conheço e tenho intimidade a ter de fazer isso para uma completa desconhecida. Ou desconhecido. Nossa, Toni surtaria se meu ginecologista fosse um homem. Enfim. Eu tinha marcado esse horário com Karen, porque tinha um enorme ponto de interrogação na minha vida nos últimos dias: eu estava, possivelmente, grávida.

— Vou deixar as duas aí e encher o tanque de gasolina. Quando Pam entrar no consultório com a Karen, liguem e eu retorno. — Beijei a bochecha de Jonah e saí do carro, enquanto ele e Júlia trocavam saliva.

Por alguma sorte do destino, Karen estava na recepção da clínica assim que passamos pelas portas. Além da cara de boa moça, o fato de ser uma ginecologista muito boa faz ser fácil confiar na coisinha magra e pequena que é nossa querida Karen. Vê-la no uniforme do hospital sempre me deixa orgulhosa da menina com quem eu cresci e que nos deixou abandonados no Brasil assim que fez 18 anos, porque veio estudar medicina nos Estados Unidos. Medicina! Um dos cursos mais difíceis em qualquer nacionalidade.

— Hey, BFF! — Júlia disse assim que Karen terminou de conversar com uma paciente e se virou para nós.

Nossa médica favorita rolou os olhos.

— Oi, ridículas. Já estava na hora. — Ela começou a caminhar para a recepção e pediu que a seguíssemos. — Hook atrapalhou sua saída?

Hook é como as pessoas chamam Toni. É o apelido de lutador dele e é alguma brincadeirinha por ele "ter um bom *gancho* de direita". Meus amigos se acostumaram a chamá-lo desse jeito, mas eu prefiro Toni, assim como ele prefere Mel no lugar de Pam. Mel de Pâ-mel-a, sabe? Poderia dizer que era coisa de americano, mas meu namorado é bem brasileiro, então só finjo que ele pensou nisso por ter ouvido algum americano chamar uma Pâmela assim. Afinal, americanos são estranhos nessa coisa de apelido.

Ah, quem eu quero enganar? Brasileiros também dão uns apelidos bem ruins.

— Totalmente. — Rolei os olhos. — Não dei muita bola para ele não, mas já está ficando chata essa coisa do ciúme.

— Não vou comentar. — Karen soltou uma risadinha e começou a falar com a recepcionista sobre encontrar a minha ficha e levar lá dentro da sala.

— Mas eu vou — Júlia disse assim que Karen voltou a falar conosco, guiando-nos para os bancos da recepção do hospital. — Amiga, eu devolvo o Jonah por algumas horas para você, se quiser dar uma surra no Hook. Ele não tem que se meter na sua vida. Século XXI, feminismo, as mulheres podem ser quem elas quiserem.

Eu ri e dei de ombros. Sei de tudo isso, mas também entendo que às vezes precisamos ceder para viver bem com quem a gente ama.

— Desde que ele discuta, mas não fique no meu caminho, tudo bem.

Karen entrou para receber mais uma paciente enquanto buscavam meu exame de sangue e minhas fichas. Eu já tinha estado aqui antes, quando a suspeita de tudo começou, mas não consegui ficar esperando pelo resultado e prometi que voltaria em outro horário. Agora aqui estava eu, roendo as unhas de nervosismo. No meio tempo, Júlia começou a discutir meu relacionamento, enumerando tópicos para discorrer quando estivéssemos na sala de atendimento. Ficamos conversando por uns dez minutos, quando a paciente de Karen saiu da sala e a recepcionista entregou uma pasta a ela, que nos pediu para entrar. Muito séria, ela pediu com a mão que nós sentássemos e me encarou.

— Quanto você quer para me escolher como madrinha?

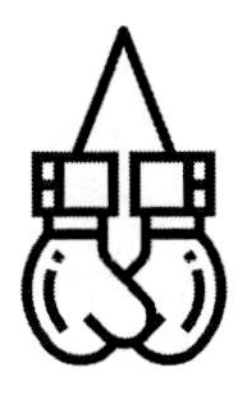

TONI

Mel foi embora e aquela vontade interminável de destruir alguma coisa não passou.

Eu odeio quando ela faz o que bem entende e não pensa em mim. Queria ter me apaixonado por uma mulher calma, tranquila, que aceitasse as coisas que eu digo sem reclamar, mas o furacão Mel foi o que me apareceu. Ela é louca e não sabe dizer sim sem mil perguntas antes, mas o que posso fazer? Eu sou louco por ela. Louco por todas as curvas, a pele macia e o cabelo escuro. Louco pelas pernas intermináveis e os olhos negros. Louco pelo coração e a forma que trata a todos. A positividade e tudo que representa.

Para tentar acalmar minha frustração, liguei a TV em um canal de MMA. Os apresentadores estavam comentando sobre a nossa preparação para as lutas de janeiro e eu consegui relaxar aos poucos. Foi aí que eu vi Caio Alves, mais conhecido pelo codinome The Animal. Eu achava um nome muito ruim, mas ele era meu rival já havia dois anos e eu poderia estar sendo um pouco tendencioso. Nunca gostei de Caio Alves e é sempre um prazer lutar com ele na primeira fase da Morgan's Fight League, mais conhecido como MFL.

Antes que você pergunte a respeito da MFL, vou resumir esse campeonato pelo que ele é: a minha vida. Começou muito tempo atrás, quando John Morgan, um visionário, viu no MMA uma luta de grande potencial. Ele colocou dinheiro, conseguiu os patrocinadores e transformou o esporte que era esquecido no que é hoje. Um fenômeno entre homens de todas as idades, que vem ganhando popularidade entre as mulheres. Na Liga, existem dois grupos na primeira fase. São três lutas para cada participante. Os quatro mais bem colocados de cada grupo vão para as semifinais e se enfrentam no bom estilo mata-mata a que todo brasileiro está acostumado. Os vencedores da luta da semifinal se enfrentam na grande final e o campeão leva o cinturão para casa.

Eu era só um garoto quando comecei a fazer lutas em um centro comunitário na favela em que morava, em São Paulo. Muito frustrado com a vida, eu tendia a ser violento e descontava no octógono a minha raiva. Fiz todo tipo de luta que a academia oferecia e era muito bom em todas. Foi quando Calvin me encontrou. Por ser bom em várias modalidades, ele achou que eu teria um potencial incrível para o MMA.

Calvin é meu agente. Ele era só um caça-talento desvalorizado quando me conheceu, e eu fui sua galinha dos ovos de ouro. Hoje é agente de outros lutadores, mas sei que ainda sou o que mais dá dinheiro para ele. Quando não está me irritando, Calvin é um cara legal. Agora, voltando ao babaca na televisão, tudo o que eu quero fazer é socar a cara dele. Há semanas ele me provoca falando de mim e de minhas origens. Ele também é brasileiro, mas nasceu em berço de ouro. Já avisei a Calvin o que pretendo fazer se ele não parar ou, pior, falar algo sobre Mel. É melhor ele ficar bem longe da minha mulher.

Quando meu telefone começou a tocar lá no quarto, demorei um pouco para perceber que era ele. Levantei-me e fui até lá. O telefone parou de tocar, mas era Calvin, assim, dois segundos depois, ele estava tocando de novo. O homem nunca desiste até conseguir falar comigo.

— O que foi, Calvin? — Eu sabia que meu tom estava um pouco irritado ainda, mas isso se devia ao fato de Pâmela ter saído de casa para gravar um clipe idiota. A raiva demoraria a passar, já que ela tinha prometido voltar daqui a dois dias.

Calvin conhecia meu humor e só respirou fundo.

— Fique longe do seu nome e do de Pâmela no Google.

Eu xinguei. Calvin sabe que não pode me dizer para não fazer alguma coisa se estiver relacionada a Pâmela, porque eu vou fazer com toda certeza. Psicologia reversa e tudo mais. Parece que já faz de propósito.

— O que houve agora?

Ele bufou.

— Caio. — Meu sangue começou a ferver. — Foi um idiota em uma entrevista que saiu essa manhã. — Ele fez uma pausa respirando devagar. Eu não ia dizer nada, porque nada de bom sairia da minha boca no momento. — Não olhe o nome de vocês no Google, é sério. Não precisamos que você deixe seu lado raivoso sair.

— Eu não vou. — Foi uma grande mentira, mas, dito isso, desliguei o telefone. Sabendo que o babaca tinha dito algo, eu não ficaria parado só esperando.

A primeira coisa que fiz foi abrir o Google no celular, enquanto me jogava novamente no sofá. Escrevi meu nome, o dele e o da minha namorada. A primeira notícia era:

> **"The Animal sobre a luta com The Hook: 'Vou me certificar de levar mais do que os pontos na primeira luta'."**

Eu cliquei imediatamente nessa e sentei na cama para evitar ficar muito destrutivo. A entrevista era longa, então li só por cima até que eu encontrasse o nome da minha namorada. Vou citar o trecho porque quero que você entenda meu ódio por esse babaca por completo:

> Entrevistador: Sabemos que essa rixa sua com The Hook é antiga.
>
> The Animal: Sempre foi. Éramos amigos, mas ele não sabe perder. É por isso que eu vou me certificar de levar mais do que os pontos na primeira luta.
>
> Entrevistador: E o que seria isso?
>
> The Animal: Você sabe que homens são assim, não sabe? Homens começam guerras por uma mulher bonita. Pâmela... (Ele ri) Digamos que é a minha vez de ter aquela coisinha implorando de joelhos.

Nem li o restante. Calmamente, deixei o celular em cima da cama. Levantei-me, caminhei até o banheiro do quarto e encarei meu reflexo no espelho. Eu respirava com dificuldade e, antes que notasse, já tinha jogado todas as minhas coisas que estavam em cima da pia no chão.Podia sentir a raiva borbulhando pelos poros, implorando para ser liberada de alguma forma. Quantas e quantas veze aquele babaca já disse coisas que me feriram? Era incrível como ele conseguia me atingir com meia dúzia de palavras.

O cara falava sobre minha origem humilde, sobre a minha cor, sobre a minha luta. Ele só não podia tocar em dois assuntos: minha namorada e minha família. Dessa vez, ao comparar Pâmela com alguém que está à disposição dos lutadores, ele foi longe demais.

Somaram-se minha raiva por causa da briga com Pâmela, o fato de ela fazer um clipe romântico com outro cara e a entrevista do babaca... Só posso dizer que, quando minha namorada voltou dois dias depois, eu ainda estava consertando o que havia destruído no nosso apartamento.

SEGUNDO

MEL

Bato a mala no batente da porta quando entro. Faço isso às vezes; por mais que me esforce para ser silenciosa, acabo derrubando coisas ou esbarrando em algo que não deveria. Estou acostumada e todo mundo que me conhece sabe disso. Então, por mais que minha vontade fosse chegar em silêncio, escolho anunciar-me.

— Toni... Cheguei, amor.

Torço para que ele não esteja bravo enquanto fecho a porta. Ouço seus passos lentos pelo corredor e, em seguida, o barulho de uma furadeira. Não tenho tempo de estranhar, porque outra coisa me surpreende.

Há uma TV nova na sala. Bem maior do que a que tínhamos anteriormente. Estou encarando-a, tentando entender o que aconteceu, quando Toni chega, me rouba um selinho e envolve minha cintura com os braços.

— Ah, Mel... — Começa a distribuir beijos pelo meu pescoço. — Que bom ter você de volta em casa.

— É bom estar de volta também, amor. — Afasto o rosto dele com as mãos para poder beijá-lo. — Você comprou uma televisão nova?

Quando Toni me encara, seus olhos gritam "culpado".

— Sim, ela é incrível. É uma TV que reproduz em 4K...

Toni começa a falar um milhão de funções da nossa televisão, mas, honestamente, não entendo por que precisávamos trocar. Nem sei o que é 4K. Ele me leva para perto da TV, deixa o controle na minha mão e mostra como funciona. Parece uma criança com um brinquedo novo.

— Tudo bem, Toni, eu não sei por que compramos uma TV nova, já que a nossa era boa, mas não vamos brigar por isso. Estou doida por um banho e para tirar os sapatos de salto.

— Claro, querida. — O barulho de furadeira recomeça. — Mas toma banho no quarto de hóspedes, okay? A equipe de montagem está trabalhando no nosso quarto. — Ele caminha em direção à minha mala sem me olhar. É nesse minuto que reparo na nova mesa de jantar na nossa sala.

— Amor, que equipe de montagem? E você também comprou uma mesa nova?

— Sim, comprei uma mesa nova — responde, andando na direção do quarto com a mala. — E uma penteadeira nova — diz, já entrando no cômodo. Eu o sigo para continuarmos a conversa.

— Mas, querido, eu só saí por dois dias! O que aconteceu nessa casa?

Assusto-me ao entrar no quarto. Não é só uma penteadeira. Todo o aposento está de pernas para o ar, com caixas de móveis encostadas nas paredes e outros cantos. Há três rapazes trabalhando em diferentes espaços por ali e eu aceno para eles, cumprimentando-os.

— Amor, eu queria te fazer uma surpresa — Toni começou a dizer. Só pelo tom de voz, já sabia que está mentindo. — Queria que estivesse tudo pronto quando voltasse, mas você acabou chegando antes do tempo.

Fui em direção ao quarto de hóspedes. Entrei. Toni passou por mim. Tranquei a porta atrás de nós, porque não queria que as pessoas trabalhando na casa escutassem o que temos a dizer.

— Toni, não mente para mim. O que aconteceu?

Bastou um olhar. Trocamos rapidamente um olhar e ele desistiu de mentir. Suspirou e puxou-me levemente pela mão até sentar-se na cama. Parei de frente para ele, entre suas pernas. Ele olhava para nossas mãos entrelaçadas, brincando com meus dedos.

— Você viu a entrevista que o babaca deu no dia que saiu daqui? — Ergueu os olhos, encarando-me.

— O babaca é o Caio? — Ele apenas assentiu. — Sinceramente? Não. Eu até fujo das coisas que esse cara diz. Ele é um inseto, que só sabe dizer coisas ofensivas sobre nós. Lixo humano. Não me ocupo com esse cara, para ser bem sincera.

— Ele disse algo sobre você que foi um estopim para mim. Eu estava nervoso e com raiva por você ter saído daqui para gravar um clipe se agarrando com outro cara, não pude me conter. Acabei destruindo algumas coisas na casa.

— Faça uma lista — disse, cruzando os braços.

— Lista de quê?

— Das coisas que você quebrou e substituiu. Não deixe nada de fora.

Toni inspirou. Depois expirou. Dava para ver a frustração no rosto dele, mas eu não me importava nem um pouco. Frustrada estava eu por ter que lidar com uma casa destruída.

Antes a casa do que você ou os bebês, meu cérebro gentilmente me lembrou.

— Por onde você quer que eu comece?

— Como assim? — perguntei, ainda sem entender a dimensão das coisas.

Ele esfregou o rosto.

— Por qual cômodo?

— Declan, está ocupado? — perguntei, tentando conter minha irritação.

Não quis descontá-la em Toni, porque não quero vê-lo nervoso, assim, tranquei-me no banheiro e liguei para o melhor amigo do meu namorado.

— Não, fala — respondeu. Ele é o tipo minimalista de pessoa. Dificilmente fala palavras com mais de duas sílabas.

— Seu amigo quebrou a casa inteira! Você sabia disso?

— Sabia.

— O que eu faço com ele? Que droga! Por causa de um maldito clipe, que é meu trabalho, e uma entrevista de um cara babaca? Faz favor!

— Pam, Toni tem o pavio curto.

— Aí você está sendo gentil com ele, né? Toni nem sabe o que é pavio. Droga, Declan! Como eu posso planejar minha vida ao lado de alguém assim? Não dá para saber qual é a próxima merda que ele vai fazer.

— Você o ama?

— Claro que amo. Acha que eu aguentaria essas merdas se não amasse?

— Então pronto. O amor sempre encontra um caminho.

— O que deu em você, todo meloso desse jeito?

— Estou tentando equilibrar o seu ódio — diz, a voz absolutamente tranquila.

— Ódio é pouco. Eu quero quebrar a cara dele no meio.

— Responder violência com violência?

— Argh, você está certo! — Soltei uma respiração frustrada. — Odeio tanto essa merda. Queria que fosse mais fácil ter um relacionamento.

— Senta em um pudim. Tem que ser difícil, sofrido, ou não vale a pena.

Droga, ele estava certo.

— Eu odeio a sua sabedoria. Tchau.

— De nada, Pam. Tchau.

TONI

Sete dias se passaram desde que Pâmela voltou para casa.

Sete dias de uma Pâmela bufando de raiva pelos cantos.

Ela nunca foi a pessoa mais paciente do mundo, mas assumo que piorou um pouco nos últimos dias. Queria dizer que foram os hormônios e que a TPM está se aproximando, mas tenho certeza de que ela me mataria. E, de todo jeito, acho que ela ainda não está no período. Lembro quando foi a última menstruação e não era para ter dado tempo de acontecer.

De todo jeito, quem sou eu para entender o ciclo menstrual da minha garota?

É por isso que me surpreendi quando ela entrou em casa feito um furacão e pulou no meu colo, enchendo-me de beijos. Eu estava sentado no sofá acompanhando uma luta repetida, mas fiquei pensando o que posso ter feito para ser surpreendido com tanto amor repentino.

— Eu estou tão feliz! — disse e soltou um gritinho histérico.

Não consegui evitar a risada que me escapou e nem tentei entender. Entre risos e mais beijos trocados, Mel começou a me despir e eu não reclamei. Desde que voltou e contei da destruição no apartamento, ela vinha fazendo greve de sexo. Se a iniciativa foi dela, eu só segui aquele ditado que diz: "relaxa e goza".

Desliguei a TV e fiquei encarando a mulher incrível que dividia o sofá comigo. Sempre que penso que não consigo mais amar Pâmela, encontro um novo motivo para me apaixonar por ela.

— Você vai me dizer o motivo para tanta alegria?

Deixei minha mão descer por suas curvas que tanto amo, enquanto a sentia desenhando os músculos do meu abdômen.

— Recebi uma ligação do seu canal de TV favorito. — Parei de acariciá-la e coloquei as mãos no seu rosto, virando-o para que pudéssemos nos encarar. — Eles querem fazer um *reality show* com mulheres que praticam MMA, como um teste para ver a aceitação do público, porque parece que John Morgan quer abrir uma liga feminina. Adivinha quem eles convidaram para apresentar o projeto?

Pelo tamanho do seu sorriso, ficou claro que foi ela, mas era algo tão incrível que queria confirmar.

— Você vai apresentar um programa de TV sobre MMA?

Ela assentiu e eu xinguei uma dúzia de palavrões antes de fazer amor com ela de novo.

Essa mulher fantástica, apresentadora de *reality show*, é minha. Mel é minha!

Ela me contou sobre o andamento do projeto e me explicou que as coisas ainda estavam andando devagar, porque estão ajustando detalhes. Não é certo que ela seja a apresentadora, eles ainda terão uma conversa a respeito, ela só recebeu o convite oficial. Mesmo assim, fiquei contente por ela. Mel é formada em jornalismo, mas não atua na área. Apresentar esse programa seria uma oportunidade incrível para ela.

Ficamos nessa onda de lua de mel por dois dias inteiros, depois foi a minha vez de ficar irritado. Tudo começou com uma ligação de Declan.

— *Bro*, saiu o vídeo do cara com a Mel. Não tem nada de mais, mas você disse que iria querer ver.

— Valeu, cara. Sabe o nome?

— Vou te mandar o link por mensagem.

Sentei-me e assisti. Arrependi-me no minuto que vi o cara beijar a nuca dela e só piorou a partir daí.

É tudo uma questão de perspectiva, sabe? A nuca é um ponto fraco da Pâmela. Quando a beijo, ela sempre reage do mesmo jeito. Leva a mão à boca, morde o polegar e me dá mais espaço para seguir beijando. Quando ele a beija, ela também leva a mão à boca e morde o polegar, mas posso vê-la retrair-se minimamente, como se quisesse se afastar.

Passei todo o clipe analisando as reações dela e, mesmo não querendo, comecei a sentir a raiva subir por todo o meu corpo. Vi e revi as cenas várias vezes, observando cada mínimo detalhe.

Onde a mão dele passou, que partes da minha mulher tocou.

Onde a boca dele beijou, os sorrisos que ela deu para ele.

Queria apenas uma oportunidade de ter Carter Manning no octógono comigo. Seria o nocaute mais rápido da história.

Saí da academia e fui para casa, prometendo a mim mesmo me esforçar para me manter calmo, mas era difícil. Só queria encher a cara de alguém de porrada e gostaria de ter visto o vídeo antes de treinar. Poderia ter descontado a minha raiva para valer.

Tentei me lembrar se Pâmela disse que estaria em casa ou não. Torci para que não estivesse ou iríamos brigar. Não queria discutir com ela sobre isso de novo, mas sei que não conseguiria me conter.

Infelizmente, as coisas não estavam indo bem para o meu lado nos últimos tempos. Mel estava na sala com Júlia. Felizes, riam de alguma coisa. Passei direto por elas com a desculpa de que estava suado do treinamento, mas tinha tomado uma chuveirada antes de receber a ligação de Declan e sei que Pâmela não acreditou em mim totalmente. Entrei no banheiro e passei um bom tempo lá dentro, tentando me acalmar. Mesmo assim, podia sentir a adrenalina correndo nas minhas veias, a agitação da raiva fervilhando por debaixo da pele. Acabei fazendo exatamente o que não queria. Descontei minha frustração em Pâmela logo que entrei no quarto. Ela estava sentada na cama me esperando.

— Júlia foi embora. Fala comigo, amor. O que houve?

— O que você acha que houve? — Sem olhar para ela, entrei no *closet* e peguei uma bermuda para vestir.

— Toni, fala direito comigo.

— Eu não consigo nem começar a falar sobre o que aconteceu, Pâmela. — Bati a porta do armário com mais força do que pretendia. — A droga do clipe que você foi fazer saiu. Aquela merda em que aquele babaca fica se esfregando em você por quatro minutos inteiros.

— Você assistiu ao clipe? — Ela apareceu na porta do *closet.*

— Claro que eu assisti! Você acreditou, mesmo por um segundo, que poderia esconder essa merda de mim?

Sabia que meu tom de voz estava alguns decibéis mais alto que o dela. Sabia que estávamos brigando porque não conseguia me controlar, mas, honestamente... não dava a mínima.

— Então você viu que não teve nada de mais, né? Não teve nem língua no beijo.

— Beijo técnico?

— Foi, Toni.

— E você acha que precisa me dar um beijo de língua para me deixar excitado? — Ela me encarou, os olhos arregalados. — Tenho certeza que aquele cantorzinho de merda ficou todo animadinho se aproveitando do seu corpo. Porra, amor. Parecia filme pornô.

— Toni, não exagera.

— Como não exagera? — *Respira, Toni*, eu repetia para mim mesmo. — Eu tenho todo direito de reclamar quando outro cara bota as mãos em cima da minha mulher.

— Toni, era trabalho.

— E o meu trabalho é levar porrada. Quanta diferença, né? A música não tinha nada a ver com aquela pegação toda, Mel.

Respira, Toni, respira.

— Era uma música de amor, Toni. Claro que tínhamos que representar um casal apaixonado.

— Então chega, porra! Você não precisa disso! — explodi. Meu tom de voz só foi aumentando e eu sentia tremores em todo o meu corpo. — Não precisa gravar mais essas coisas. Representar casal apaixonado. Você é minha namorada, Pâmela. Minha. — Os olhos dela se arregalaram quando ouviu a palavra sair como um grito. — Um dia nós vamos nos casar. Ter filhos. E eu não vou aturar esses babacas passando a mão em você. Se algum dia esse Carter aparecer na minha frente, eu não me responsabilizo, está ouvindo? Não me responsabilizo! — Sentia a veia do meu pescoço latejando.

— Estou ouvindo perfeitamente, Antônio. Deu para ouvir cada palavra que você gritou na minha cara.

Ela deu as costas e andou para fora do *closet*. Vê-la se afastar de mim assim me deu uma sensação estranha. Um rugido saiu de dentro do meu peito e eu afundei a mão na porta do guarda-roupa. Consegui abrir um buraco nele e chamar a atenção da minha namorada. Ela se virou, o olhar assustado, me encarando.

Sim, eu quebrei uma porta de madeira.

Sim, eu sou forte.

E, sim, eu perdi o controle totalmente.

Mas o pior foi constatar que o susto no olhar dela não era simplesmente por eu ter quebrado alguma coisa. Ela sabia que eu era forte. O susto no olhar dela estava misturado ao medo. Do que eu não sei, mas foi horrível perceber que ela sentiu medo de mim.

TERCEIRO

MEL

Eu já estava com saudades do Brasil. Eu amo o meu país, mas amo ainda mais as festas que fazemos por aqui. Escolhemos as datas certas para comemorar e com quem comemorar, aí sim damos as melhores festas. Um dos patrocinadores do MFL está fazendo forte divulgação no Brasil nesse período do fim do ano e estão com uma série de ações diferentes. Assim, eles resolveram que seria legal colocar todos os seus atletas na cobertura de um hotel chique, em Copacabana, bem de frente para a queima de fogos. Toni não gosta muito de vir para esses eventos, ele apenas se senta em algum lugar e bebe algumas cervejas. Eu, em compensação, faço questão de dançar *muito* com as minhas amigas. Não temos tempo para fazer isso sempre, porque temos muitos compromissos. Quando podemos *festejar*, nós *festejamos*. Por isso, a cena que nós tínhamos no momento era essa:

A cobertura do hotel — com a piscina, as cadeiras de descanso, o bar e a música alta — era maravilhosa e estava tomada de pessoas ligadas à MFL.

Toni, Jonah e Declan estavam em uma mesa rindo, bebendo e sendo homens maravilhosos de se olhar e conviver.

Júlia e Karen, na pista de dança junto comigo, estávamos suadas e loucas, mas felizes.

Um remix de *Jealous*, do Nick Jonas, tocava nos alto-falantes da festa e nós cantávamos aquela canção umas para as outras em alta voz, mas eu não podia parar de pensar em Toni com ela. Ele confia em mim e sabe o quanto eu o amo, mas mesmo assim fica todo ciumento. Até da própria sombra. O surto que teve quando o clipe com Carter Manning saiu ainda estava vivo na minha mente.

Praticamente tudo naquela festa estava incrível, por diversos motivos: um, a noite estava perfeita; dois, meus amigos estavam ali; e três, esse seria um Réveillon inesquecível para todos nós. Tudo caminhava muito bem durante a festa, mas uma pessoa chegou e as coisas negativas começaram a me atingir.

Caio Alves é uma pedra no meu sapato desde que eu o conheci. Foi em uma festa da MFL que Jonah me arrastou (ele queria, na verdade, ver Júlia novamente e essa era uma desculpa) e eu conheci Toni lá também. Na verdade, Toni me salvou do idiota que não sabe receber um "não" como resposta. Caio insistia para eu ficar com ele, enquanto tentava me afastar. Isso era comum de acontecer todas as vezes que nos encontrávamos, mas naquela foi pior.

Ele conseguiu me levar, sem que eu percebesse, para um canto da boate aonde os casais iam para se beijar com mais privacidade. Só comecei a fugir do cara e, quando vi, já nos encontrávamos lá. Ele me imprensava em uma parede e eu não conseguia escapar. Lembro de estar segurando o choro com o nervosismo, principalmente porque não queria que ele percebesse que estava me atingindo. Sabia que ninguém viria me ajudar, porque todos que passavam por nós achavam que éramos apenas um casal comum se pegando num canto. Meu nervosismo só piorava porque Jonah estava em algum lugar com Júlia, longe de se preocupar com um babaca me perseguindo.

Toni, de alguma forma, percebeu que não éramos um casal e parou ao nosso lado. Nós nunca tínhamos nos falado e eu assumo que, ao ver aquele homem daquele tamanho, achei que a situação ficaria ainda pior para mim. Olhei para o semblante fechado dele, em uma clara demonstração de que não aprovava o que estava acontecendo. Ele perguntou se estava tudo bem e Caio tentou afastá-lo, mas eu pedi ajuda e Toni me tirou dali. Disse que dava para perceber pelo meu olhar assustado e minha expressão corporal que algo estava errado. Eu só sabia agradecer por ter sido "meu herói".

Enfim, isso passou. O problema de hoje era outro, um que eu faria o que estivesse ao meu alcance para escapar. Caio chegou à festa, trazendo sua presença desagradável ao recinto, e eu disse para as meninas que faria uma pausa na dança. Por mais que soubesse que Toni estava sempre de olho em mim, não gostava de ficar longe dele se estivéssemos no mesmo ambiente que o Caio. Ainda mais depois das coisas que ele falou sobre mim. Fui para a mesa dos rapazes e sentei-me diretamente no colo do meu namorado.

— Cansou? — Jonah perguntou, vendo que as meninas ainda estavam se esbaldando na pista e eu ali na mesa deles. Apenas balancei a cabeça.

— Caio chegou — informei. Declan bufou, Jonah rolou os olhos e Toni me puxou para mais perto dele.

— Odeio esse cara — Declan resmungou. Nós sorrimos porque, bom, ele não é lá alguém que fale muito.

Pelo menos não em grupo. Eu sabia que ele era mais aberto com Toni e não achava estranho. Afinal, eles são melhores amigos. Quando meu namorado veio treinar nos Estados Unidos, eles dividiram um apartamento e isso os uniu de verdade. Seu apelido de lutador é Rush, porque ele costuma definir todas as suas lutas no primeiro round. Ele é, definitivamente, o melhor lutador da categoria dele. Não tenho um motivo óbvio para chamar Declan pelo nome e não pelo apelido. Como já disse antes, acho todos eles feios e bobinhos, então apenas chamo as pessoas por seus nomes reais. Ainda mais o dele, que soa bem aos meus ouvidos, com sotaque brasileiro e americano. Ele não reclama dessa minha mania, felizmente. Ele é um peso leve que passa metade do seu tempo com a cara fechada. Apesar disso, ele é um ursinho. Percebi isso, claro, depois de tanto tempo de convivência.

Não diga para ninguém, mas ele é extremamente carinhoso comigo e minhas amigas. Acho que o fato de sermos namoradas de dois amigos seus ajuda. Ele é assim com Karen também, mas acho que é por ela ser minha amiga e da Júlia. Vai saber. Além disso, ele é o melhor ouvinte que eu já conheci. Eu geralmente recorria aos ouvidos de Jonah para reclamar sobre meu namorado (e os homens de forma geral) ser babaca, mas se minhas lamúrias tiverem avançado para um estado de raiva, é para Declan que eu vou chorar. Nossa conversa costuma ser carregada de palavrões, mas ele nem reclama. Sério, eu adoro que ele seja melhor amigo de Toni, assim posso encher seus ouvidos o tempo inteiro e ele entende do que estou falando, porque conhece o amigo que tem. Nem se importa se eu ligar para ele para resmungar sobre meu namorado ser mandão. Até me dá bons conselhos.

Eu fiquei ali na mesa com eles por um tempo, curtindo a festa e aproveitando a companhia dos meus amigos. As meninas vieram um pouco depois e já estavam todas começando a ficar bêbadas. Ninguém na festa — a não ser meus amigos mais íntimos — sabia que eu não estava bebendo álcool, porque eu estava enganando com drinques não alcoólicos a noite inteira. O assunto bebê ainda não tinha chegado aos ouvidos do meu namorado e eu não compartilharia isso com ninguém — e os outros lutadores colegas dos meninos que passavam por ali — sem que ele soubesse, por mais que meu amigo estivesse ali. E, ok, eu sei que já deveria ter contado para ele, afinal, já sei do bebê há um mês, mas Toni não tem sido nada fácil desde que voltei.

Primeiro, nós brigamos depois que ele destruiu a casa inteira no dia em que eu fui embora. Depois, ele surtou quando viu o resultado do clipe. Dessa vez não tinha destruído a casa inteira, apenas a porta do guarda-roupa, mas ainda assim. Eu odeio esse lado destrutivo do Toni. Ele me assusta.

O que me deixou mais frustrada foi o fato de tanto Declan quanto Jonah terem achado o clipe ok, enquanto ele surtou. Eu fiz o que pude na situação. Conversei pessoalmente com Carter Manning, o cantor do clipe, e disse a ele como meu namorado era *extremamente* ciumento e tinha feito algum drama sobre eu gravar um clipe romântico com outro cara. Ele riu, mas disse que entendia por que um cara teria ciúmes de mim, assim conversou com o diretor e não tínhamos nenhuma cena que ultrapassasse os limites. Carinho, sim. Abraços e afagos, sim. Beijo, sim (mas nada exagerado também). Nudez, não. Não foi o suficiente para Toni, que fez um verdadeiro drama sobre tudo, mas eu não dava a mínima. Ele não tinha *nenhum* direito de se meter nisso. Ele é meu namorado, não meu dono.

É por isso que não contei a ele. O drama foi *tanto* no último mês, que a oportunidade de falar passou. É claro que não estava feliz com isso, mas o que me deixava mais triste ainda era a dúvida de se eu faria a coisa certa ao contar. Pense comigo: amo Toni e acho que, em 50% do tempo, seria um bom pai, mas ele é imprevisível. Ele tem surtos de raiva em alguns momentos e, por mais que não tenha sido bruto comigo, eu não queria que passasse para os nossos filhos a ideia de que tudo bem em resolver as coisas com os punhos.

Ah, sim, eu digo *filhos* porque são *gêmeos*. Não lembro se já tinha deixado isso claro.

Só para esclarecer: você deve pensar que Toni é um daqueles babacas dos livros e filmes que a gente vê por aí que, ciumento e possessivo, coloca uma placa de "propriedade do Toni" escrita em mim. Não. Ele não é assim. Toni é um resmungão. Reclama que eu faça as coisas e fica furioso, mas não me impede. O clipe, por exemplo. Ele reclamou, xingou, protestou e quebrou a casa, mas eu fui. Ele não me amarrou ao pé da cama. E o mais importante: não levantou a mão para mim.

No dia em que Toni chegar a esse ponto, tenho certeza de que nunca mais me verá. Provavelmente ele não verá a luz do sol, porque não tenho medo de denunciar.

E tenho uma equipe de lutadores na minha agenda telefônica.

Aí vamos para a segunda coisa que me assustou: quando me censurou pelo vídeo e disse que não ia aturar que eu fizesse outro daquele. Ele já tinha dito coisas como aquela outras vezes, mas nunca com tanta convicção. Pareceu que realmente não iria tolerar que eu fizesse aquilo de novo, mas quem não toleraria que ele me proibisse de fazer algo seria eu.

— Querida. — Eu saí do meu devaneio quando ele me chamou, beijando minha nuca em seguida. — Vou buscar uma bebida. Quer que eu pegue para você? — Olhei para o meu copo vazio. Sim, eu quero uma bebida. Não, Toni não podia buscar para mim.

Minha barriga estava crescendo e eu sabia que ele perceberia em breve, mas não hoje. Por enquanto, Toni ainda poderia pensar que eu estava apenas engordando.

— Fique, querido. Eu pego. — Selei seus lábios. — Outra Heineken?

— Sim, obrigado, Mel.

Eu me levantei do colo dele e fui buscar.

Estava torcendo mentalmente para conseguir ser sorrateira e pegar minha bebida sem que Caio me notasse, mas o homem parece ter um radar meu, o que é insuportável. Em todo lugar que eu vou, ele está. E sempre me encontra. Toni anda mais irritado com Caio desde a fatídica entrevista. Como a minha sorte estava falhando nos últimos dias, Caio me alcançou na hora em que eu parei para pedir a bebida. Eu estava de frente para o bar e ele debruçou um dos braços no balcão, encostando o quadril ali.

— E aí, bonita? É essa noite que eu vou pagar uma bebida para você?

Rolei os olhos para ele.

— As bebidas são de graça, idiota. — O barman veio na minha direção. — Eu vou querer uma Heineken — disse a ele — e outro daquele drinque. — Ele acenou. Eu tinha dito a esse barman específico, logo que cheguei na festa, que não podia beber álcool e ele me indicou essa bebida. Parecia um drinque alcoólico, mas era só refrigerante e frutas.

— Eu acho que você vai ter que sair comigo um dia desses, assim posso finalmente cumprir a minha promessa. — Ele escorregou a mão pela minha cintura.

— Eu acho que você precisa dar dois passos para trás e tirar a maldita mão da minha cintura, antes que meu namorado lutador quebre a sua cara.

Caio riu e não se afastou. Por sorte, minhas bebidas chegaram e eu, com raiva, pisei no pé dele, saindo com meu drinque e a cerveja de Toni. Que cara abusado!

— Não vá assim, querida!

Eu o senti chegar mais perto de mim, abraçando minha cintura com um braço e derramando minha bebida. Ah, não. Minha bebida não! A outra mão dele, boba, vagava pelo meu corpo até parar na coxa.

— Desgruda, idiota. — Ele apertou ainda mais a minha cintura, como se eu não tivesse dito absolutamente nada.

— Vamos dançar. — Em seguida, me arrastou para a pista de dança contra a minha vontade, falando coisas no meu ouvido. Coisas impublicáveis. Eu me debatia, mas ele é mais forte que eu, então já viu.

Ser mulher, às vezes, é uma droga. Eu não queria aquele idiota me tocando. Não queria dançar com ele. Queria que ficasse bem longe de mim. Ele não é meu namorado e eu não lhe dei esse direito. Eu nem era forte o suficiente para tirar seu braço da minha cintura. Em vez de apenas chiar, respirei fundo e fiz o que Jonah e Toni tinham me ensinado para situações em que alguém mais forte me atacasse: virei o cotovelo no rosto dele. Também tinha visto isso em *Miss Simpatia*, mas meus lutadores se sentiram ofendidos quando eu disse isso. O nariz dele sangrou e, logo em seguida, as coisas ficaram loucas.

— Você sabe a mulher de quem você estava agarrando, idiota? — A voz ameaçadora de Toni chegou aos meus ouvidos, enquanto eu me afastava de vez dele. Caio tocava o nariz, que ainda jorrava sangue. O golpe tinha encaixado direitinho.

Toni afastou Caio de mim, imprensando-o em uma pilastra de concreto que sustentava um telhado para os dias de sol, e eu senti quando as meninas chegaram e me puxaram para perto delas. Abriu-se um espaço bem onde estávamos. Toni parecia furioso, mas Caio agora sorria.

— Não fique tão ciumento, Hook. — Seu tom era de deboche puro. — Eu ia devolver pela manhã.

— Qual é a parte do "ela é minha" que você não entendeu, Animal? — As palavras saíam ameaçadoras da boca de Toni, mas não pareciam afetar Caio. Enquanto meu namorado bufava de raiva, o idiota gargalhava.

— Esse vestido que ela está usando? — Ele fez um barulho de apreciação que não sei explicar pela boca, liberando o ar. — Você não tem ideia do que eu faria para ele estar no chão do meu quarto essa noite. Na verdade, se você parar de ser um idiota ciumento por um minuto, eu e ela poderemos voltar àquela conversa agradável que estávamos tendo e eu vou mantê-la acordada até o amanhecer.

Conversa agradável em que eu fiz o nariz dele sangrar? Toni balançou a cabeça, discordando também daquele absurdo, e aumentou o aperto no pescoço dele.

— Eu vou contar até cinco e você vai retirar tudo o que disse sobre a minha mulher — Toni ameaçou, e agora eu estava ficando com medo.

Nunca tinha visto meu namorado com tanta raiva. Eu podia ver a mão dele tremer, mesmo fechada em punho. Todo o corpo dele estava tenso.

— Ou... — Caio usava um tom provocativo e agora eu queria socar a cara dele.

Ele não percebia que estava incitando Toni a brigar?

Foi quando me dei conta do que estava acontecendo. Esse era o plano dele o tempo inteiro: irritar meu namorado o suficiente para ele perder o controle e ter problemas na Liga.

— Toni, por favor, acalme-se.

Eu tentei chegar perto dele e suplicar. Sabia que a violência não era a melhor saída no momento. Podia ver a fumaça saindo pelas orelhas de Toni como nos desenhos animados e as coisas não ficariam boas. Caio sabia usar os punhos tão bem quanto meu namorado e eu previa a noite de Ano-Novo sendo arruinada.

— Mel, saia daqui. — Ele desviou a atenção de Caio por um segundo, mas logo se voltou para ele. — Um.

— Toni, estou pedindo. Deixa isso para lá.

— Dois. — Ele me olhou por outro segundo. — Pâmela, some daqui.

— Toni! — reclamei. Quem ele pensava que era para falar assim comigo?

— Três.

— Não vou dizer nada, Hook. Você é medroso demais para fazer alguma coisa fora do octógono.

— Quatro.

— Não sei por que você está tão chateado. Não é como se eu a estivesse roubando de você. É um pequeno empréstimo.

— Cinco. Suas últimas palavras?

— Vou devolver a garota quando eu terminar com ela.

— *Eu* vou acabar com você.

Foi aí que a coisa ficou louca. Jonah me puxou pela cintura, já que eu me encontrava perto demais dos socos que estavam sendo trocados. Comecei a chorar e gritar, levemente histérica, implorando que Toni parasse, porque eu sabia que nada ficaria bem na carreira dele depois daquilo. Eu pedia repetidamente para que eles parassem, mas ninguém parecia me ouvir. É claro que eu estava com medo por ele, mas Toni estava em outro planeta. Caio não revidava a agressão e meu medo era ainda maior por conta disso. Meus hormônios estavam completamente descontrolados e eu comecei a me preocupar pelos bebês.

— Eu preciso voltar para o meu quarto — disse a Jonah, que ainda me segurava. Ainda bem que ele me mantinha em seus braços, porque no minuto seguinte tudo ficou preto.

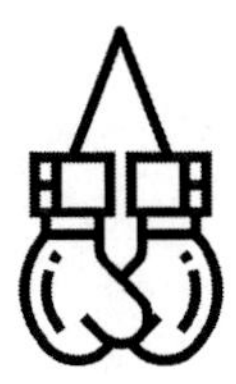

TONI

Minha mente apagou no momento em que meu primeiro soco se conectou ao rosto dele. Eu só conseguia vê-lo sendo um idiota com Pâmela, agarrando-a, repetindo todas aquelas coisas horríveis sobre ela, e eu continuava com o mesmo mantra na cabeça.

Defender. Proteger. Socar.

Caio merecia. Ele merecia todos os socos que estava recebendo. O cara tocou na minha mulher. Assim como tinha feito quando eu a conheci, ele estava prendendo-a, aproveitando que era mais forte que ela, deixando-a sem opção. Estava sendo um idiota novamente. Dizia coisas sobre ela que não deveria. Eu não poderia ficar parado enquanto ele falava aquelas coisas sobre a Mel. Infelizmente, eu deixei meu lado raivoso sair.

Essa é uma versão minha que se parece muito com Hulk, o personagem da Marvel, porque não tem muito controle do que está fazendo. Bato primeiro, pergunto depois. Eu só havia libertado esse meu lado em cima de alguém uma vez até agora, desde que comecei a praticar luta — não foi bonito.

Nos primeiros socos, eu ainda conseguia ouvir o que acontecia ao meu redor. Depois, só o que tinha na minha mente era: defender, proteger e socar. Eu estava um pouco bêbado — esse pode ter sido o gatilho, mas perdi totalmente a cabeça. Com toda certeza havia algo a mais. Quando voltei ao mundo real, um zumbido forte não me deixava ouvir o que se passava em meu entorno. Meus amigos estavam esmagando meu rosto contra o chão. Jonah segurava minhas pernas e Declan tinha parte do seu corpo sobre o meu, segurando meus braços com força. Com a mente começando a relaxar, eu vi o corpo estendido de Caio sangrando.

Não fazia ideia se ele estava vivo ou morto. Continuei olhando, procurando por ela. Pâmela tinha pedido que eu não fizesse aquilo, era uma das minhas últimas lembranças de antes do meu lado raivoso assumir, mas mesmo assim eu fiz. Depois que "o outro cara" tomou conta, eu só sabia bater. Agora, eu não podia vê-la em lugar nenhum.

Eu já estava mais calmo quando senti que eles me soltavam —, mas eu logo ouvi o som de algemas. Foi o primeiro som que ouvi desde que voltei ao normal e não era o que eu queria. A polícia brasileira era uma droga, mas iria funcionar justo para mim?

— O senhor está preso em flagrante por agressão. Tem o direito de permanecer calado.

Depois disso, a noite foi uma loucura. Passei a minha juventude em Heliópolis, uma das maiores favelas de São Paulo. Vi de tudo lá dentro. Esteve ao alcance das minhas mãos tudo de ruim que uma favela pode oferecer e, mesmo assim, eu lutei para não seguir esse caminho. Canalizei a minha raiva em uma coisa saudável. Depois que saí de lá, imaginei que nunca iria parar dentro de uma cadeia. Bom, não foi o que aconteceu.

Passei a noite na delegacia. Não sabia o que estava acontecendo do lado de fora e passei por todos os procedimentos internos no modo automático.

Eu tinha perdido a cabeça e isso significava apenas coisas ruins. Caio poderia ou não estar morto. Tudo bem que eu não gostava do cara, mas não desejava de verdade que ele morresse. Só que ficasse incapacitado de lutar para sempre. E de ser um babaca com as pessoas. E de olhar na direção da minha mulher. Eu certamente seria penalizado por isso na MFL; eles eram muito rígidos com lutas fora do octógono. Mas o pior seria Pâmela. Ela, certamente, estaria fora de si. Você não quer nem ver a minha mulher fora de si.

— Antônio Salles — um policial chamou, do outro lado da cela. — O senhor será liberado para ir.

QUARTO

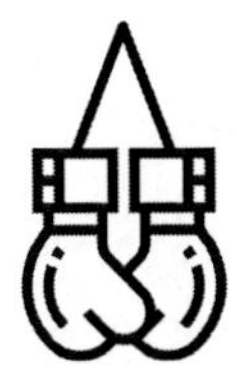

TONI

Calvin estava me esperando na recepção da delegacia. Graças à quantidade de fotógrafos — brasileiros e americanos — empoleirados do lado de fora, permitiram que eu saísse pelos fundos do local, onde um carro me esperava. Não precisei conversar com ninguém, felizmente. Calvin me atualizou sobre a minha situação e eu falei apenas o necessário.

— Caio ainda está no hospital e sua equipe no aguardo para fazer a acusação contra você — começou, falando paulatinamente. — Torcemos que eles apontem como lesão corporal. O pior cenário seria se eles apontassem como homicídio, já que ele está mal no hospital. Para a lesão corporal, aqui no Brasil, a lei me confunde, mas seus advogados disseram que você pode ser preso de um a cinco anos. Nos Estados Unidos, é capaz de conseguirmos resolver isso com pagamento de multa. Eu sugiro que esperemos a acusação sair e peçamos para que você seja julgado lá. Como é o lugar onde você vive e trabalha, podemos conseguir isso. O que acha? — Concordei com a cabeça, porque qualquer multa é muito melhor do que cadeia. — Ótimo. Vamos para o hotel, aguardamos a acusação, você pega a sua garota e nós vamos embora.

— Quão furiosa Pâmela está? — perguntei, porque eu sabia que ela estaria muito brava.

Calvin balançou a cabeça e eu sabia que as coisas não eram boas.

— Não sei, na verdade. Pâmela desmaiou na noite passada, enquanto a luta acontecia. — Droga. — Falei com Tiger e ele disse que ela ficou bem, que estava descansando no hotel. Não sei muito mais, porque estava preocupado em tirar você da cadeia.

Assenti, permanecendo calado, porque era o melhor que eu poderia fazer no momento. No hotel, fomos direto pela garagem, porque a multidão de repórteres era grande. Meu relógio marcava sete e meia da manhã... Esses caras não tinham mais o que fazer? Irritado, peguei o elevador diretamente para o meu andar. Eu estava morto de fome, sujo de sangue e cheirando a cadeia, precisava de um banho, mas o mais importante era ver Mel. Ter a certeza de que eu ainda poderia dar um jeito no nível de irritação dela. Fazê-la me perdoar.

Calvin me deixou na porta do meu quarto sob o aviso de que ele e os advogados estariam atentos ao processo e preparando a minha defesa. Eu só concordei com a cabeça e entrei no quarto. A primeira coisa que notei foi: Pâmela não estava lá. O quarto se encontrava do jeito que deixamos na noite passada e ela não estava em lugar nenhum. Saí direto para o quarto de Tiger, porque saber dela era minha prioridade no momento. Se ela não estava se sentindo bem, provavelmente estava com ele e Júlia. Precisei bater na porta umas três vezes até que ele aparecesse com a cara amassada.

— Hook, você parece uma merda. — Seu tom era sonolento e arrastado, mas a reprovação era evidente.

— Minha mulher está aí, Tiger? — Ele fechou o rosto.

— Você precisa de um banho. Está fedendo, sujo e tem sangue seco nas mãos. Pâmela está dormindo.

Apesar de frustrado, ele estava certo. Minha situação era deplorável no momento.

— Ela está bem? — perguntei, porque eu só ficaria minimamente satisfeito quando soubesse que ela não estava mais se sentindo mal. — Calvin disse que ela desmaiou.

Tiger respirou fundo, demonstrando no semblante o seu nível de irritação. Ele se apoiou no outro pé, impaciente, antes de responder.

— Na medida do possível, sim. Faça com que ela desmaie de novo e não vou poder dizer o mesmo de você — ameaçou em seu melhor tom de ódio.

Eu não tenho medo de Tiger. Ele é da mesma categoria que eu e, por mais que esteja certo, não me assusta. Eu tenho medo de como vou encontrar minha mulher, isso sim.

— Não se preocupe com isso — consegui que saísse pelos meus lábios cerrados.

— Eu estou falando sério. Cuide de Pâmela direito ou eu vou acabar com você. Não vou ser seu saco de pancadas como o Animal. — Ele deu um passo atrás, prestes a bater na porta. — Eu falo sério.

Nem esperei a porta ser batida na minha cara, apenas fui embora. Mel precisava descansar, assim, coloquei a banheira para encher, porque eu queria um tempo lá dentro. As coisas que aconteceram ontem à noite voltavam com toda a força enquanto eu me despia, e deixei a música do 50cents explodir nos autofalantes do meu telefone. Assim, não precisava pensar muito no assunto, já que isso era o suficiente para fazer minha mente se distrair do que eu fiz. Eu não tinha tempo para me arrepender. Tinha uma mulher possivelmente possessa comigo, uma acusação de lesão corporal a caminho e as consequências de tudo para mim na MFL (outra coisa que eu não queria nem começar a pensar).

Saí da banheira e resolvi que Pâmela precisaria dormir um pouco mais. Deitei na cama para esperar. 50cents me acompanhava, mas a noite louca que tive me pegou de jeito e eu adormeci. Quando acordei, horas depois, alguém tentava derrubar a porta do meu quarto. Era Calvin.

— Saiu sua acusação. — Ele foi direto. — Estamos reunidos em uma sala aqui para resolver o que fazer. Venha comigo.

Meu estado atual era uma cara amassada e uma boxer, então eu precisaria de um minuto. Pâmela ficaria ainda mais irritada se me visse andando pelo hotel desse jeito, porque minha mulher sabe ser ciumenta também. Indiquei para ele com o dedo que esperasse por um minuto e entrei. Mel sempre reclama que, quando eu acordo, fico cerca de meia hora de cara fechada e respondendo com palavras monossílabas. Costuma até me chamar de Declan, já que meu amigo é assim em 90% do tempo. Bom, ela está absolutamente certa, como você pode ver no momento. Vesti uma bermuda e uma regata, julgando serem suficientes para o calor dos infernos que fazia no Rio de Janeiro, e saí com Calvin. Descemos para o terceiro andar do hotel, e dois dos meus advogados estavam sentados na sala, com alguns papéis sobre a mesa. Eu sou representado por um escritório de advocacia com sede nos Estados Unidos e um escritório no Brasil. Qualquer um dos advogados pode me representar, dependendo da minha necessidade. Dessa vez, os advogados eram James, que cuida dos meus interesses nos Estados Unidos, e Pedro, que cuida dos meus interesses aqui no Brasil. Nós nos sentamos e James começou a falar.

— Lesão corporal — ele informou a acusação cujo resultado torcíamos para que fosse.

— Caio vai ficar internado, e o período mínimo para sua recuperação completa é de 45 dias. Isso vai impedi-lo de lutar contra você no campeonato — Pedro continuou.

— Além disso, ele vai ficar afastado do trabalho por 30 dias. Sua lesão é considerada de natureza grave — James disse e emendou com: — Você vai pegar de um a cinco anos na cadeia, mas podemos recorrer caso algo dê errado.

Fechei a cara durante a pausa dramática dele, porque eu não tinha cinco anos para ficar preso. Imagina o que a MFL faria comigo se eu manchasse a imagem da Liga dessa forma. Imagina o que Pâmela diria se me visse sendo preso.

Sem contar que ela precisava de mim no momento. Precisávamos superar juntos qualquer trauma que tivesse ficado.

— As boas notícias são: podemos tentar reduzir a sua pena de um sexto a um terço, alegando que houve provocação por parte de Caio. Se Pâmela depuser contando que foi assediada por ele, isso facilita.

— Calvin falou sobre ser julgado nos Estados Unidos. — Essa era, para mim, a melhor alternativa, então os alertei para ela.

— Sim, essa é a ideia. Queríamos apresentar primeiro o que aconteceria se ficasse aqui — James começou. — Já estamos com todos os documentos prontos para entregar à justiça brasileira e à americana, pedindo que você seja julgado lá, já que é onde você mora e fica a MFL. Sendo bem otimistas, podemos resolver toda essa situação com pagamento de multa.

— Será uma bem grande, já que Caio não revidou e está mal no hospital, mas é melhor que ficar encarcerado no Brasil.

Balancei a cabeça. Eu não queria ficar encarcerado em lugar nenhum.

— Podemos resolver a questão do dinheiro — eu disse, os advogados assentiram e começaram a mexer nos papéis.

— Por enquanto, você vai precisar ficar aqui. Não pode viajar. Se sair do país, será considerado fugitivo pela justiça brasileira.

— Como você quer fazer? Pode ficar no hotel ou posso conseguir um lugar reservado para você e Pâmela alugarem por um período, para garantir privacidade. — Antes mesmo que eu respondesse, ele continuou. — Ela vai ficar aqui com você, certo?Respirei fundo. Pâmela veio comigo, mas ela tinha uma reunião para o programa que iria apresentar e precisava voltar ainda essa semana.

— Eu não sei. Ela tem um compromisso em Vegas. — Respirei fundo, acalmando-me. — Espere um pouco, eu vou conversar com ela. O que Pâmela decidir, faremos.

MEL

— Toni, por favor, para! — Meu milésimo grito, aparentemente, funcionou.

Eu não me sentia bem e toda essa luta estava acabando comigo. Minhas amigas vinham me mantendo longe de Toni, principalmente Karen e Júlia, com medo de algo acontecer a mim e aos bebês. Quando eu vi Toni hesitar e parar o punho a centímetros do sorriso debochado de Caio, me joguei para frente e segurei seu rosto. Toni focalizou meus olhos e eu via a fera dentro dele sendo domada. Toni se levantou de cima de Caio, que começou a rir e falar como meu namorado era patético, mas ele parecia um homem em uma missão. Tomando-me pela cintura, Toni me beijou. Foi um beijo longo e forte, mas era do que eu precisava no momento para me acalmar.

— Vamos sair daqui — Toni murmurou ainda em meus lábios e segurou minha mão. Puxou-me para o elevador e descemos até nosso andar.

As mãos de Toni estavam um pouco ensanguentadas, por isso resolvi cuidar um pouco dele. Deixei a banheira do quarto enchendo enquanto procurava por alguns curativos. Ele estava sentado na cama, os olhos focados em um espaço vazio. Levei-o para o banheiro comigo logo que a banheira encheu. Nós nos despimos e entramos juntos. Lavei sua mão com cuidado, mas deixei para enfaixar quando saíssemos dali.

O semblante de Toni estava fechado e ele parecia pensar, os olhos focados na parede atrás de mim. Quando terminei de lavá-lo, comecei a acariciar sua cabeça e rosto. Toni fechou os olhos, aproveitando o carinho.

— Eu sinto muito, querida. — Deitei a cabeça na curva do pescoço dele para esconder meu sorriso. Toni não é um cara de pedir desculpas muitas vezes. — Eu me descontrolei. Caio sabe onde me atingir para me tirar do sério.

Beijei seu pescoço e senti quando ele começou um carinho em meus cabelos.

— Eu amo você, Toni. Obrigada por me ouvir e parar. — Afastei-me de seu pescoço para olhá-lo nos olhos.

Toni selou meus lábios.

— Eu também amo você, querida — Toni falava em um tom doce que ele só usava quando estávamos sozinhos.

Terminamos nosso banho e eu comecei a fazer os curativos na sua mão, ainda no banheiro. Toni está acostumado a isso e não gosta muito de *band-aids*, mas ele não teve muita opção. Fiz o que podia com a caixa de primeiros socorros que tinha no quarto. Deitamos na cama para descansar e eu olhei o relógio de parede: vinte para meia-noite. A virada do Ano-Novo ainda não tinha chegado, mas eu não tinha mínima vontade de estar do lado de fora vendo os fogos. Eu queria permanecer ali, nos braços do meu Toni, sentindo seu toque suave pelo meu corpo.

Tanta coisa passou na minha cabeça naquele momento... A vida ao lado dele, as lutas que Toni enfrentava a cada dois meses (mais ou menos), nosso relacionamento cheio de altos e baixos, a cena que eu vi hoje. Pensava na dúvida que me assolava há dias: eu deveria ou não falar para Toni sobre os bebês?

Os fogos explodiram atrás de mim e Toni virou meu corpo para o outro lado, assim ambos ficaríamos encarando as janelas. Com os braços dele envolvendo minha cintura e beijos leves depositados no meu ombro, eu tomei minha decisão.

— Toni...

— Sim, querida. — Ele sussurrou no meu ouvido.

— Nós vamos ter um bebê. Na verdade... Dois.

Eu senti os braços que envolviam minha cintura apertarem-na. Depois disso, meus olhos se abriram.

A luz do quarto feriu meus olhos e percebi que não era noite, eu não estava no meu quarto de hotel, e Toni não estava abraçando minha cintura. Fogos não explodiam do outro lado da Avenida Atlântica. Na verdade, sentada na cama ao meu lado estava Karen.

— Bom dia, Pam. — Ela afagou meus cabelos, sempre a doce Karen. — Como está se sentindo?

Triste por ter acordado do sonho, fechei os olhos por um momento e engoli a saliva que se formava na minha boca.

— Estou melhor, amiga. — Respirei fundo, situando-me aos poucos. — Toni? Como ele está?

Karen rolou os olhos.

— Hook Babaca já saiu. Não sei muito, mas ele foi procurar você na Júlia no meio da madrugada. Estava meio imundo, então Tiger mandou que ele deixasse você dormir. — Ela respirou fundo. — Vamos descer para o café. Aí você decide se está pronta para encontrá-lo.

— Tudo bem, amiga. — Eu assenti, sentando. Felizmente, sem tonturas. Era sempre um dia bom quando eu acordava sem enjoos.

— Quero verificar a sua pressão antes, pode ser?

Concordei e deixei que Karen fizesse seu trabalho.

Foi mesmo um sonho. Um sonho no qual Toni não tinha se tornado meu pior pesadelo e eu poderia viver uma vida ao lado dele e dos nossos bebês.

Um sonho no qual eu não teria que tomar atitudes drásticas.

Levei alguns minutos para criar coragem e levantar da cama. Fui fazendo tudo aos poucos, tomei banho e me vesti com as roupas que minhas amigas trouxeram no dia anterior. Quando eu e Karen ficamos prontas, descemos para o café da manhã. Nesse meio tempo, fui organizando na minha mente todos os detalhes do que precisava contar aos meus amigos.

Fiz meu prato no buffet e me uni à mesa onde meu amigo já estava sentado.

— Eu quero aproveitar que todos vocês estão aqui para dar uma notícia.

Jonah me encarava carrancudo. Ele não gosta quando eu tenho notícias e não sabia quais eram. Somando-se a isso, o fato de Júlia estar demorando para descer não ajudava em nada. Além dela, Toni e Declan também não estavam presentes, o que me dava motivos para começar logo a conversar com meus amigos. De Toni ninguém sabia, mas achamos que o outro lutador ficou com alguém na noite passada depois de tudo o que aconteceu e ainda não acordou. O que era bom, porque ele não poderia ouvir o que eu tinha a dizer. Karen estava sentada à minha direita e o lugar à minha esquerda, vazio, porque estávamos contando que Toni apareceria a qualquer momento.

Calvin já tinha passado as notícias para o meu amigo e ele me atualizou assim que cheguei para o café: Toni ficaria no Brasil por um tempo, já que estava sendo acusado por lesão corporal. Eu rapidamente bolei o meu plano.

— Essa noite eu pensei bastante. O que aconteceu ontem é o motivo pelo qual ainda não contei a Toni sobre estar grávida. Eu tenho medo. Sei que ele seria um bom pai na questão da educação, mas não tenho certeza se ele seria um bom exemplo e isso me aterroriza. Pode não ter sido a coisa certa, mas foi o que eu fiz. — Respirei fundo novamente, porque isso seria difícil. — Tomei uma decisão e não espero que ninguém me apoie. Na verdade, eu espero, sim. Ficaria muito feliz se tivesse vocês do meu lado, mas não é algo fácil de aceitar.

— Desembucha, Pâmela. — perdeu a paciência comigo.

— Eu vou embora. — Não olhei para o rosto deles, mas eu sabia que os dois estavam chocados. — Vou deixar o Toni, porque eu não quero que meus filhos cresçam violentos ou sofrendo violência. Enquanto ele não passar a ser uma pessoa que pensa, que tem noção das suas ações, não vou deixar que ele veja as crianças. Meus filhos não merecem um lar violento. Merecem um lar amoroso, e Toni não pode dar isso a eles.

— Você conhece o Hook, Pam — Karen começou. — Ele não vai aceitar que você simplesmente vá embora. Ainda mais se souber que vai ser pai. — Karen fez uma pausa, pensativa. — Ele, com toda certeza, vai querer criar um molequinho machista. — Ela respirou fundo.

— Você precisa de um plano muito bom. Tem algum? — Jonah perguntou sério e eu assenti.

— Não posso dizer a vocês, se não estiverem comigo. Adoraria que vocês me apoiassem.

Eles se entreolharam. Enquanto ele permaneceu carrancudo, ela começou a rir.

— E do lado de quem você acha que nós ficaríamos, mulher? Do Hook? — Karen balançou a cabeça. — Eu sou a primeira da fila para ser madrinha dessa criança, com ou sem pai. Já que eu dei a notícia, tenho a preferência.

— Okay, precisamos de foco aqui. A qualquer momento ele pode aparecer. — Meu amigo estava sério. — Você precisa desaparecer, Pâmela — ele disse, encarando meus olhos. — Como você vai fazer isso?

QUINTO

TONI

Logo que saí da sala com os advogados, fui atrás da Mel. Ela até poderia continuar dormindo, mas faria isso na minha cama, porque eu precisava conversar um pouco com ela. Eu sabia que ela estava com Tiger, assim, fui novamente ao quarto dele. No corredor, Júlia estava saindo do quarto no mesmo momento.

— Hey, Hook. — Ela deu um sorriso que eu enxerguei ser amarelo a distância. — Jonah disse que você saiu.

Eu concordei. Júlia não é minha amiga. Ela e Karen são amigas da Pâmela. Nós nos damos bem por conta da minha garota, mas eu sei que elas sempre estarão ao lado dela. Se Pâmela está chateada comigo, todas estão.

— Preciso falar com a Mel agora. — Fui direto, porque eu não queria perder tempo com isso. — Ela está aí dentro com o Tiger? — Eu não tinha ciúmes do cara. Conheceram-se a vida inteira e se algo devesse acontecer entre eles, já teria acontecido. Além disso, Tiger é loucamente apaixonado pela loira à minha frente.

— Mel dormiu no quarto da Karen — ela disse, balançando a cabeça.

Fazia sentido, se pensássemos que eles eram um casal e Mel não se sentia bem. Eu podia ver Karen, a médica do grupo, cuidando de Pâmela a noite inteira. Era uma escolha melhor, nessa situação.

— Eu vou até lá. Obrigado. — Passei por ela, indo em direção ao quarto de Karen.

— Hook — ela chamou. Eu parei e virei para ver aonde ela estava indo. — Combinamos de nos encontrar para tomar café. Elas já estão lá embaixo esperando.

Respirei fundo, voltando para pegar o elevador.

— Eu acompanho você. — Nós seguimos juntos para o restaurante.

No fim, todos estavam lá, menos eu e Júlia. Declan estava se sentando à mesa, enquanto Mel já estava à mesa com um olhar triste e o rosto um pouco pálido... Não parecia a minha Pâmela louca de sempre. Ela abriu um pequeno sorriso quando me viu e levantou-se, vindo em minha direção, parando no meio do caminho. Acho que Júlia continuou o caminho, não prestei muita atenção. Tinha outras coisas na mente naquele momento.

Segurei minha mulher pela cintura e ela envolveu suas mãos macias no meu pescoço. Foi uma surpresa, porque eu esperava ter que rastejar e implorar para que me perdoasse, mas eu não estava reclamando nem um pouco.

— Você está melhor? — perguntei, preocupado. Era minha culpa o fato de ela ter desmaiado.

— Acho que preciso descansar por mais um tempo para te dizer se já me recuperei do que aconteceu ontem — Mel disse bem devagar. Ela parecia tão frágil nos meus braços, tão diferente da mulher a que eu estou acostumado. Apertei a cintura dela em resposta. — Você está bem? Está doendo em algum lugar?

— Não é importante, querida. Quer voltar para o quarto e descansar mais um pouco? Podemos levar o seu café da manhã.

Um sorriso maior saiu dos seus lábios.

— Você está tão fofo, preocupado e prestativo, hoje, que eu estou até preocupada. — Selou meus lábios rapidamente. — Eu prefiro continuar comendo aqui, com nossos amigos. — Ela segurou meu rosto em suas mãos. — Podemos subir e conversar depois?

— Claro, Mel. Você é a chefe aqui.

Nós voltamos para a mesa onde todos os nossos amigos estavam. Foi no fim do café da manhã que as perguntas sobre o que aconteceu começaram.

— O que você vai fazer, Hook? — Declan disse e começou a mastigar mais um pão. Não parecia o primeiro, pois muitas migalhas se reuniam no prato. — Atualize a gente.

— A equipe do Animal me acusou de lesão corporal. Não me pergunte os detalhes, porque eu não sei. Vou precisar ficar aqui, ou serei considerado fugitivo, mas vamos tentar voltar para Las Vegas, porque posso conseguir uma pena menor se for julgado lá.

— Falaram quanto tempo preso? — Ele perguntou. Seu rosto era muito sério.

Por debaixo da mesa, Pâmela apertou minha mão.

— Eu não sei. No Brasil, de um a cinco anos. Lá, Calvin falou que conseguimos resolver com pagamento de multa. É por isso que vou voltar para lá assim que puder. — Virei-me para Mel, porque ela irradiava nervosismo. — Você tinha uma reunião lá. Acha que pode atrasar isso por um tempo?

Mel fechou os olhos e respirou fundo. Quando ela me olhou de novo, seus olhos estavam cheios de água.

— Eu não posso, querido. Não tenho como remarcar ou corro o risco de eles me tirarem do projeto. — Ela respirou fundo. — Você fica muito chateado se eu não ficar com você? Prometo que volto logo que puder.

Eu queria dizer que ficava. Nada seria fácil daqui para frente e tê-la ao meu lado nesse momento era o que eu mais precisava. Tanto o Toni, namorado dela, quanto o Hook, atleta. Ela era meu apoio emocional e testemunha a meu favor. Só que eu sabia que não podia. Pâmela é minha namorada, não meu pertence. É difícil aceitar, mas essa é a realidade. Se ela não podia, não podia. Sabia que não iria me abandonar nesse momento. Era só uma reunião.

— Eu vou ficar aqui com você até Pâmela voltar, irmão — Meu amigo disse e eu só assenti. — Mas volte logo, Pam, porque você sabe que Toni fica insuportável sem você. Também porque ele vai precisar de você no caso contra o Animal.

Isso era verdade e eu não ia negar. Tanto a questão de eu ficar insuportável quanto de precisar dela contra o Caio.

Olhando para Mel, pude ver um sorriso aparecer brevemente no seu rosto. Foi rápido, mas completamente amarelo. Eu só queria correr com ela para o quarto, assim poderíamos conversar sozinhos.

O café da manhã passou devagar e todos começaram a fazer planos para voltar para os Estados Unidos. Declan e eu resolvemos ficar no hotel mesmo. Alugar uma casa por um tempo me daria muita dor de cabeça e eu já tinha o suficiente no momento. Além disso, o hotel tinha uma academia, que usaríamos para os treinamentos e isso bastaria. Eu não sabia qual seria o meu futuro na MFL, mas não deixaria de treinar. Ainda que não fosse um lutador da Liga, eu era um atleta, e ninguém iria tirar isso de mim. Quando consegui fazer Pâmela subir comigo para nosso quarto de hotel, ela não me deu muita chance para falar. Começou a recolher suas coisas, empacotando-as. Eu, o idiota que sou, sentei na ponta da cama e assisti.

— Eu soube que você passou mal ontem. Karen disse o que pode ter sido? — Não era o melhor assunto para começar a conversa, mas era o que eu tinha em mente no momento. A verdade é que eu estava preocupado. — Acha que vai precisar ir ao hospital?

— Karen disse que deve ter sido minha pressão, só isso — foi tudo o que ela respondeu, retirando algumas de suas roupas dos cabides. — Toda a situação de te ver ali e ficar de mãos atadas.

Caminhei até ela e peguei os cabides, jogando-os em uma poltrona. Segurei sua mão direita na minha esquerda e minha direita no seu rosto.

— Não vou deixar você sair daqui sem saber se está tudo bem, querida. Sem você falar sobre ontem. É importante para mim saber o que você está pensando, porque tenho medo de deixá-la ir e você nunca mais voltar.

Ela fechou os olhos, balançou a cabeça e respirou fundo. Em seguida, olhou-me.

— Eu tive medo. Eu queria que você nunca tivesse batido nele ou pelo menos me ouvido enquanto eu *implorava* que parasse. — O jeito que ela disse a palavra "implorava" me mostrou o quanto a situação foi horrível para ela e eu quis me matar por ter feito minha Mel se sentir assim. — Eu estou muito triste por conta disso e vou ficar por um tempo. Não há nada que você possa fazer. — Ela se afastou e voltou a guardar suas coisas.

— Mel...

— Toni, não. — Ela se virou para mim. — Eu não tenho forças para discutir isso agora. Quando eu voltar dos EUA, nós podemos conversar. Agora não.

Eu respeitei. Não tinha forças para ajudá-la, apesar disso. Assim, me sentei na varanda do nosso quarto, sozinho. A vista que eu tinha da orla era maravilhosa. Se eu estivesse lá embaixo, provavelmente perceberia as imperfeições da cidade, mas de cima... Aquela vista era tudo de que eu precisava. O sol radiante, o calor, a água do mar, as pessoas passando. Tudo me fazia pensar.

Eu deveria parecer um monstro batendo no Animal. Não me lembro como ele se parecia no final, minha mente desligou naquele momento. Eu não estava pensando em nada, apenas nas três palavras que se repetiam. *Defender.* Caio estava sendo abusivo com Pâmela, tocando-a sem que ela desejasse. Eu precisava defendê-la, como homem e como seu namorado. *Proteger.* Pâmela era mais fraca do que ele e parecia congelada, sem se lembrar dos movimentos que ensinamos para que ela pudesse se proteger no caso de ser atacada por alguém mais forte. Claro, em algum momento ela atingiu o nariz dele, mas poderia ter sido tarde demais. *Socar.* Eu comecei a bater nele, porque ele estava me provocando, então eu precisava ir até o fim.

O problema foi que eu não soube parar. Não costumo ter que me preocupar com isso, porque minha mente fica totalmente focada na luta e sei quando é a hora de terminar. Eu não deixo os meus sentimentos me influenciarem. Todas as vezes que ajo de acordo com meus sentimentos, perco o controle.

Eu preciso aprender a me controlar.

— Toni. — A voz de Pâmela soou baixa atrás de mim e eu me virei para vê-la caminhar até onde eu estava. Ela se sentou de lado no meu colo e passou as mãos pelo meu pescoço, enquanto as minhas se estabeleceram em sua cintura. — Estamos indo embora. — Mel encostou a testa na minha. — Eu amo você, não importa o que aconteça. Sempre vou amar, ok? — Ela selou meus lábios. — Vai ficar tudo bem.

Assenti, olhando no fundo dos seus olhos. Mesmo com todas as nossas imperfeições, Pâmela Paiva é a mulher da minha vida.

— Eu também amo você, Mel. Estarei aqui te esperando, então volte para mim. — Eu a beijei.

Sentiria falta dessa mulher, mas ela voltaria — eu manteria isso em mente. Desci com ela até o táxi. Dois deles esperavam na porta do hotel, ambos prontos para levar o pessoal para o aeroporto. Karen estava em um com Mel, e Júlia foi com Tiger no outro por causa das malas. Acenei enquanto ela me olhava pela janela e eu via o táxi se afastar. Franzi o rosto ao ver uma lágrima cair dos seus olhos. Por que Pâmela estava chorando?

— Hook, os caras da MFL estão aí. Você precisa subir para uma reunião.

Joguei todos os meus medos para o lado e o segui. Seja o que fosse que acontecesse com Pâmela, nós resolveríamos. Juntos.

MEL

— É por isso que eu preciso que todos venham comigo. Se todos embarcarem para os EUA e só eu embarcar para um lugar diferente, ele logo vai perceber.

Jonah apenas respirou fundo. Karen mexia o açúcar no seu café.

— Quando você quer sair? — Ele perguntou e foi a minha vez de respirar fundo. Será que ele me apoiaria?

— Depois do café. Eu não aguento ficar e mentir. Se eu olhar por muito tempo para ele, posso desistir. — Ele balançou a cabeça, como se entendesse. Por favor, por favorzinho. Entenda. — Eu preciso ir logo.

— Escreva tudo o que você precisa fazer. Faça rápido, antes que alguém chegue. Eu vou ter tudo pronto quando você terminar de arrumar as malas.

Ele tirou uma caneta do bolso (não me pergunte por que ele tinha uma) e eu imediatamente comecei a escrever no guardanapo da mesa tudo o que tinha em mente do meu plano maluco de fuga:

- Retirar o dinheiro do banco;
- Comprar as passagens;
- Trocar o número do celular;
- Ter um de nós em Vegas para pegar mais pertences meus;

E a lista continuava.

Logo que eu terminei, vimos Declan entrar no restaurante. Não tive tempo de revisar e ver se esqueci alguma coisa, mas funcionaria para o momento. Logo que ele sentou, Júlia e Toni entraram. Eu sabia que precisava fingir que estava tudo bem, então abri um sorriso; o melhor que podia, mesmo que fosse minúsculo. Caminhei até onde ele parou e o abracei. Meu corpo o reconhecia e eu percebi que ainda sentia falta dele, mesmo que estivesse brava e decepcionada. Acho que sempre sentiria, por isso era tão difícil deixá-lo.

Toni estava preocupado comigo e queria discutir o que houve, mas eu não poderia falar de nada disso sem contar tudo o que estava planejando. Eu ficaria o máximo de tempo possível lá no meio dos nossos amigos, porque sabia que seria mais fácil resistir. Descobri que meu namorado não é nada bobo. Ele sabia que algo estava errado e eu vi em seus olhos que ele estava disposto a lutar para fazer dar certo. É por isso que quando ele pediu que eu ficasse, fui firme em dizer que não poderia. Claro que eu poderia pedir para adiar a reunião em virtude do que tinha acontecido; eu iria faltar sem nem avisar, não é mesmo?

Para facilitar a minha vida, Declan ficaria aqui com Toni. Se ele resolvesse voltar conosco, isso seria um grande problema. Quando subimos e Toni quis discutir sobre o que aconteceu, precisei de todo o meu autocontrole para não lhe dizer o que sentia no momento. Desabafar tudo o que estava no meu coração. Toni nunca me deixaria ir embora se eu dissesse que estava brava e decepcionada. Dizer que tive medo e que fiquei triste foi suficiente, porque ele me deu o espaço de que eu precisava.

Consegui me sair muito bem, até precisar me despedir. Foi aí que doeu.

Toni estava desligado, olhando o horizonte. Mal consigo imaginar todas as coisas que deveriam passar na mente dele naquele momento. Eu o chamei e vi quando ele me encarou. Estava bem emotiva e sabia que qualquer coisa que eu dissesse poderia ser o começo de um ataque de choro. Precisava ser rápida na despedida ou derramaria todas as lágrimas na frente dele. Chorar entregaria que algo estava, definitivamente, errado. E se ele sentisse que alguma coisa séria tinha acontecido, tenho certeza de que dificultaria minha partida. Sentei-me em seu colo e abracei seu pescoço quando disse que estava indo embora. Encostei nossas testas, porque eu precisava sentir nossa conexão novamente. Uma conexão que eu senti na primeira vez que vi aquele homem e que só ficava mais forte. É por isso que eu precisava olhar no fundo dos olhos dele quando dissesse que o amava. Precisava que ele soubesse, quando percebesse que eu o deixei, que meus sentimentos eram verdadeiros. Sempre foram. Sei que ele percebeu algo errado, porque estreitou os olhos sobre mim depois da minha declaração, então encurtei a conversa beijando-o e tentando esconder um pouco do que eu sentia.

Vai ficar tudo bem, foi o que eu disse a ele. E continuava repetindo para mim mesma, quem sabe isso se tornasse realidade.

De um jeito ou de outro ficaria. Ele olhou fundo nos meus olhos e eu sentia como se ele pudesse ver as palavras que gritavam por trás dos meus, mas não havia nada que eu pudesse fazer. Só torcia para que ele não comentasse.

— Eu também amo você, Mel — Toni disse pausadamente e as palavras atingiram cada centímetro do meu coração. — Volte para mim. — Felizmente, ele não esperou que eu respondesse e me beijou.

Dentro do táxi, Júlia e Jonah foram direto para o aeroporto. Eles resolveriam as questões das nossas passagens. Eu fui com Karen para resolver o problema do dinheiro. Se eu queria me esconder, não poderia ficar usando cartão de crédito, porque isso certamente seria a primeira coisa que Toni procuraria.

Nós fomos à primeira agência que eu consegui encontrar do meu banco. O plano era retirar todo o meu dinheiro e carregá-lo comigo em espécie, mas ele me alertou de quão perigoso isso era. O novo plano passou a ser transferir todo o valor para a conta de uma das minhas amigas. No aeroporto eu tiraria o dinheiro, entraria no avião, depois em um carro e só sairia quando estivesse em um local seguro. Passei umas duas horas conversando com o gerente, que queria entender por que eu precisava transferir todo o montante da minha conta para a da minha melhor amiga. Ele quis saber também se eu não estava sendo sequestrada ou algo do tipo, mas, no fim, consegui o que queria. Quando saímos do banco, todo o meu dinheiro estava na conta de Karen.

Em seguida, entramos em um táxi e o fizemos parar em uma loja de operadora, porque eu queria comprar um chip novo para o meu celular. Como ainda tinha algumas missões pela frente, deixei-o guardado comigo. Ao chegarmos no aeroporto, todas as passagens já estavam compradas. Eu ficaria para trás enquanto todos pegariam o voo para Las Vegas. Eles teriam muito mais trabalho dessa forma; graças ao feriado, o único voo que encontramos faria uma conexão em Miami e outra em Chicago, mas eles disseram que isso era bom. Dessa forma, atrapalharia que Toni rastreasse onde eu fiquei. Para mim, era apenas mais uma demonstração de quão maravilhosos meus amigos eram.

Como meu voo era doméstico e o deles internacional, eu vi meus amigos se despedirem de mim um a um, com níveis variados de choro.

— Pelo amor de Deus, se cuida! — Júlia já estava chorando quando me abraçou. — Se cuida — ela repetiu. — Cuida dessas crianças. Liga para nós todo dia. Passa o número novo do WhatsApp.

Eu ri, porque Júlia estava parecendo uma mãe, mas quem estava grávida era eu. Ela começou a chorar loucamente em seguida, porque é desse tipo de pessoa.

— Assim que a poeira baixar, eu vou visitar você, ok? — Karen me abraçou também. — Eu quero atualizações constantes sobre a sua saúde e a dos meus afilhados, ok? E arrume logo um médico para os bebês, por favor. Qualquer coisa, dúvida, o que quiser, é só me ligar. No Skype, de preferência. — Karen me soltou e olhou no fundo dos meus olhos. — Eu amo você, amiga. Você e os bebês. Cuide-se.

Ela não chorou, porque Karen sabia muito bem como segurar suas emoções. Depois foi a vez de Jonah, que não disse nada. Exalou, puxou-me para perto e me abraçou apertado. Em seguida, ainda sem dizer nada, beijou minha testa e me fez prometer que entraria em contato se precisasse dele. Acenei para os meus amigos enquanto atravessava o portão, sentindo antecipadamente a falta deles.

Segui sozinha, preparando-me para dar dois telefonemas.

SEXTO

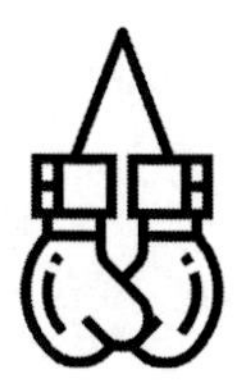

TONI

Eu queria que a reunião estivesse tediosa. A verdade é que qualquer tipo de reunião diferente dessa eu gostaria. Tentava me desligar, mas frases surgiam na minha mente o tempo inteiro.

"E o impacto que essa luta terá na Liga?"

"E se ele for condenado?"

"Foi uma idiotice, precisamos nos colocar ao lado do Animal."

"Foi imaturo."

"Ninguém vai acreditar que ele fez aquilo porque o cara disse meia dúzia de palavras sobre a namorada dele."

"Vivemos em um mundo machista, onde a opinião da mulher não importa."

"O que o regulamento diz sobre lutas fora do tatame?"

A última frase realmente me interessava, e eu foquei na resposta.

— Não temos uma regra para isso. Vamos ter que consultar Morgan a respeito.

Eu vi meus advogados congelarem com a declaração. É claro que queríamos resolver isso ali mesmo e, aparentemente, falar com o dono da MFL não era uma boa coisa.

Um dos homens saiu para ligar para ele e os outros continuaram a conversa. Lutei para, novamente, não ouvir o que eles falavam. Tinha gente suficiente para ouvir tudo e me passar os pontos mais importantes depois. Era para isso que eu pagava caro àqueles caras.

Chegaram todos no fim da manhã. Minha equipe de treinamento, incluindo meu treinador, Calvin, meus advogados, o pessoal da MFL, minha assessoria de imprensa... Todos mesmo. Quem não estava no Rio para o evento da virada do ano veio assim que soube do caso. Meu foco voltou à conversa novamente quando uma pergunta foi feita para mim.

— Onde está sua namorada? — Era meu assessor de imprensa quem perguntava. Respirei fundo para não enfiar a minha mão na cara dele.

— Minha namorada precisou ir a Vegas para um compromisso profissional. Em breve ela estará de volta, mas não vejo por que motivo sua localização pode ser de importância nessa situação.

— É imprescindível que ela esteja ao seu lado, não importa que decisão tomemos aqui — o assessor explicou.

— Ela está ao meu lado, mesmo que não esteja presente aqui.

— Não é suficiente. — Ele mal deixou que eu terminasse de falar. — Eu preciso dela aqui o mais rápido possível. Entrevistas. Fotógrafos encontrando vocês na rua, tirando fotos de vocês bem e felizes. Uma declaração dela dizendo que vocês estão mais unidos do que nunca... Você não precisa ter mais imagem negativa no momento, Hook. Já teve o suficiente. Traga a sua mulher de volta.

Ele ignorou qualquer tipo de resposta que eu pudesse dar e assim foi pelo resto das duas horas de reunião. Se eu quisesse dar uma opinião sobre a minha vida, era facilmente cortado por qualquer um dos presentes. Isso estava me deixando enfurecido, porque eu não era um moleque que precisava que alguém decidisse por mim. As coisas pioraram quando John Morgan em pessoa entrou na reunião.

— Gostaria de pedir silêncio a todos, senhores. Eu tenho um avião para pegar. Passei aqui porque percebi que mandar meus representantes não funcionou para resolver a situação. — Ele caminhou até parar na minha frente, do outro lado da mesa. — Sou casado há 20 anos com a mesma mulher. Ela é bonita, inteligente, engraçada... A mulher da minha vida. Alguns caras também tentaram chamar a atenção dela enquanto nós estávamos juntos e eu entrei em brigas por conta disso. Por mais que o outro cara tenha saído pior do que eu, foi uma luta e não um massacre. Nenhum deles foi parar em um hospital. Você foi estúpido, filho. Idiota, estúpido e inconsequente. É por isso que eu nem preciso pensar para dizer qual é a decisão da MFL para você. — Ele parou e debruçou-se sobre a mesa. — Você está suspenso por tempo indeterminado. Independentemente do resultado do seu julgamento, independente do que você diga para livrar a sua barra da justiça, eu vou expulsá-lo da minha Liga. Meu octógono não é lugar para gente que perde o controle da situação. É melhor você saber fazer outra coisa que não seja usar os punhos.

Dito isso, ele saiu da sala. Cinco minutos depois, eu saí. Não poderia ficar ali e ouvir qualquer coisa que discutissem. A verdade é que eu perdi: estava sendo suspenso da MFL e, em breve, seria expulso. Tudo isso porque não soube conter a droga do meu temperamento.

Estava chegando ao meu quarto, pensando que só o que eu queria naquele momento era ter Pâmela ao meu lado, porque abraçá-la me faria bem, quando o celular tocou e o visor mostrou o nome dela.

Percebi, tarde demais, que era melhor nem ter ouvido tocar.

MEL

Enrolei até chegar a Salvador para fazer ambas as ligações. Eu fiquei em dúvida sobre qual fazer primeiro. Uma me assustava e a outra me deixava em pânico. Ambas selariam meu destino definitivamente. Escolhi aquela que não partiria meu coração imediatamente.

— Pâmela? — Ouvir a voz surpresa dele só fez meu nervosismo crescer.

— João. — Respirei fundo, precisando de coragem. — Chegou a hora.

Ouvi a respiração dele se agravar. João é meu primo, foi criado junto comigo. Ele me prometeu que estaria lá no dia em que eu precisasse, bastava ligar. Mesmo que eu tenha estragado tudo da última vez que nos vimos.

— Do que você precisa?

— Teto por um tempo. — Mordi o lábio inferior, porque eu estava nervosa com a possibilidade de ele negar quando eu já estava sentada no Aeroporto Internacional de Salvador.

— Quando você chega? — A respiração dele estava mais calma agora. João era um cara do tipo tranquilo.

— Estou no aeroporto agora. Vou pegar um táxi...

Por alguns momentos, apenas o silêncio se fez do outro lado da linha. Eu ficava mais e mais nervosa.

— Nenhum táxi vai trazer você até aqui. Consegue arrumar alguma coisa para fazer por umas duas, três horas?

— Posso esperar ou ir para algum lugar que você queira.

— Espere, por favor. Eu vou te buscar.

Nós nos despedimos e desligamos. Respirei fundo e fechei os olhos por um segundo. Isso me deixaria em prantos. Seria difícil. Acabaria com a minha sanidade. E eu não estava brincando dessa vez. Eu sairia destruída dessa ligação com Toni.

Não me dei tempo de pensar, ou acabaria desistindo de ligar. Chamou duas vezes. A cada toque, minha mão suava mais e o coração batia mais forte.

Achei que choraria enquanto estivéssemos conversando. Que começaria a chorar no momento que ele atendesse. Mas dois toques foram o suficiente. Eu precisei de dois toques para perceber que estava com raiva, muita raiva. Estava triste, sim, mas pensei que, porque Toni era um idiota que não seria bom para os meus filhos, eu estava mudando tudo na minha vida. Iria largar meus amigos, minha vida, minha carreira, tudo. Eu me tornaria outra pessoa para estar longe dele.

— Mel, tudo bem? — Toni perguntou ao atender. — Achei que já estava voando. — Ouvi o som de uma porta se fechando.

— Toni, preciso da sua total atenção.

— Você a tem.

Respirei fundo e comecei.

— Eu estou com raiva de você. — As palavras fluíram com uma naturalidade assustadora. — Muita raiva. Eu amo você, Toni, mas no momento, eu preferia nunca ter amado. Quando nos conhecemos, eu fui tola de pensar que com o tempo você mudaria, mas não. Nada mudou. Você continua sendo o tipo de homem que acha que tudo se resolve com esse seu gancho de direita. Queria só te avisar que não, querido. Não se resolve. E por mais que eu odeie o Caio com tudo de mim, penso que você deveria estar na cadeia.

— Mel... Do-do que você está falando, amor? — Definitivamente, ele não estava pronto para ouvir aquilo. — Você ainda está no aeroporto? Fala comigo, eu vou até aí para conversarmos direito.

— Você poderia tê-lo matado! — Eu nem deixei que ele falasse, apenas aumentei meu tom de voz. — Por pior que tenha sido o que ele disse, você não tinha o direito de espancá-lo a esse ponto. Ele nem se defendeu! Eu estava implorando a você que parasse, mas você parecia possuído!

— Pâmela, por favor — sua voz era apenas um fiapo, mas eu não dei atenção.

— É por isso que eu vou embora, Toni! Não posso viver com você desse jeito. Eu tenho medo de você, tenho medo de que não consiga controlar seu temperamento. Tenho medo pelos nossos filhos, porque eu queria ter uma família com você, mas como posso fazer isso? Como posso ter certeza de que algum dia não vai canalizar a sua raiva em nós?

— Pelo amor de Deus, Pâmela. Não fala uma coisa dessas. — Ele parecia mal, mas eu não me permiti prestar atenção nisso.

— Adeus, Toni.

— Não, Mel. Vamos conversar. — Podia ouvir uma pontada de desespero.

— Eu amo você, mas preciso ir.

— Pâmela, por favor. Para onde você vai? Quando você volta? Eu mereço a chance de me explicar.

Fechei os olhos e respirei fundo, porque ele estava certo. Eu estava exagerando um pouco, porque não queria falar dos bebês para ele. Não podia falar dos bebês, então disse outras coisas que sabia que o fariam se afastar. Algumas que provavelmente o magoariam.

Se eu dissesse que Toni seria pai, ele certamente daria um jeito de parar o aeroporto, todos os aeroportos do mundo, até me encontrar.

— Mesmo que eu o ame, só consigo odiá-lo no momento. Fique longe de mim, Hook. Entenda que acabou. — Desliguei.

Doeu cada pedacinho de mim fazer isso. Vaguei pelo aeroporto até receber mensagem de João dizendo onde eu deveria esperar por ele. Enquanto passava pelos corredores, eu sabia que parte de mim estava ficando ali, naquele local. Uma parte minha que eu provavelmente nunca mais iria ter de volta, mas a minha nova meta de vida estava clara para mim. Eu precisava apenas segui-la: seria a melhor mãe possível para os meus bebês.

SÉTIMO

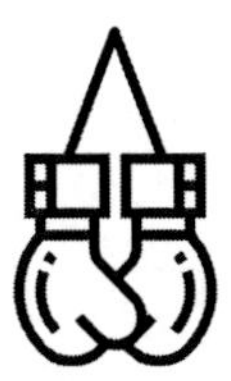

TONI

— Mesmo que eu o ame, só consigo odiá-lo no momento. Fique longe de mim, Hook. Entenda que acabou.

A primeira coisa destruída, após o meu coração, foi o celular. Eu deveria investir em uma empresa do ramo, porque meu prejuízo com eles é grande. A segunda coisa destruída foi algum móvel aleatório que estava ao meu lado. Nos quinze minutos seguintes, não contabilizei exatamente o que eu destruí ou em que ordem. Parecia ter passado apenas um segundo, mas quando senti meu corpo ser derrubado ao chão e alguém me imobilizar, olhei ao redor e vi o quarto completamente destruído. Não havia uma única coisa de pé. A mente voltou a se focar no momento, aos poucos, e eu notei que me debatia debaixo do corpo pesado de Declan. O zumbido no meu ouvido diminuiu e eu ouvi meu amigo gritar ordens para que eu parasse e colocasse a cabeça no lugar, além de ameaçar me apagar com um soco.

Eu parei de me debater. Parei de agir como um louco e fechei os olhos. Eu tinha feito de novo. Tinha perdido o controle.

Inúmeras imagens ruins me invadiram. Eu precisava parar de pensar nelas, pensar em Pâmela se afastando, em nunca mais vê-la.

— Saia de cima de mim.

— De jeito nenhum. — Uma risada sem um pingo de humor saiu pelo nariz dele. — Você já destruiu tudo o que tinha nesse quarto. Não vou ser o próximo a ficar em pedacinhos.

— Você não pode ficar sentado em cima de mim o tempo inteiro.

— E nem pretendo — respondeu prontamente. — Só estou esperando você se acalmar.

Foi a minha vez de rir.

— Isso parece uma missão impossível no momento.

Ele exalou.

— No mínimo o suficiente para não quebrar mais nada.

Examinei meu estado e eu ainda estava bem nervoso, irritado e pronto para mais destruição.

— Nesse exato momento, eu tenho tanta raiva dentro de mim que seria capaz de quebrar outro quarto.

Declan fez mais alguns minutos de silêncio e eu sabia que ele estava pensando.

— Consegue se conter por tempo suficiente para chegarmos à academia do hotel?

— Não quero treinar agora.

— Mas eu quero. Venha descontar sua raiva em mim.

— Eu sou capaz de matar você se formos lutar agora.

— Você não vai me matar, Hook. Você não sabe viver sem mim. Pode se controlar por cinco minutos ou não?

Bufando, eu concordei e ele saiu de cima de mim. Em minutos estávamos na academia do hotel. Não quis bater nele. Não sabia até que ponto eu iria de boa, por isso fiz questão de receber seus golpes. Ele é meu melhor amigo, por isso não quis correr o risco de machucá-lo. Achei que receber seus socos me deixaria mais frustrado, mas foi bom. A cada golpe que eu travava, conseguia bloquear tudo que minha mente confusa estava jogando em cima de mim.

E isso foi realmente bom. Cada soco era uma palavra a menos de Pâmela na minha mente. Cada chute era um bom momento ao lado dela que eu esquecia, mesmo que só por agora. Estávamos exaustos quando um dos dois falou pela primeira vez. É claro que ele foi o primeiro, porque eu não tinha condições.

— Precisa de uma pausa?

Dei de ombros, porque parar significaria pensar. E eu não queria pensar.

— Meu corpo precisa. Eu não.

Ele assentiu, porque ele é do tipo que não fala muito.

— Sabe que essa foi uma prova de que você consegue se controlar, não sabe? Quando se trata das pessoas que são importantes para você, você não perde o controle.

— É... — Uma risada sem humor escapa de mim. — Pena que Pâmela não pensa o mesmo.

— Acho que você precisa ficar bêbado. Eu sugiro banho, uma visita ao supermercado e duas garrafas de vodca.

— Você quer me fazer falar, Rush.

O idiota sorriu, porque meu melhor amigo é um panaca e sabe disso.

— Eu quero. Sóbrio vai ser uma merda, e você não vai falar nada, mas você sabe como fica quando está bêbado.

Posso contar nos dedos de uma mão quantas vezes eu fiquei completamente bêbado. Sou um cara resistente ao álcool, isso não costuma acontecer. Para o meu azar, todas as vezes que cheguei a esse nível, ele estava ao meu lado. Para a minha felicidade, geralmente ele estava no mesmo nível que eu. Sabendo que esse era o único jeito de eu conseguir falar sobre Pâmela com a desculpa de estar bêbado, nós entornamos copos e mais copos de vodca como se não fosse nada.

Eram três da tarde quando começamos. Quando caímos bêbados pelo chão do quarto dele, já que o meu estava destruído, a noite já tinha chegado. Ele sabia sobre tudo: o que aconteceu naquela sala, como eu seria expulso da MFL e a ligação da minha namorada. É claro que eu esqueci toda a conversa bêbada que tivemos no meio disso e, provavelmente, fiz alguma bobagem, porque eu sempre faço, mas uma coisa não esqueci, porque aquilo me deu esperança:

— A vida está uma merda agora, Hook, mas as coisas se acertam algum dia. Você é o protagonista da sua vida. Narre em primeira pessoa, não deixe ninguém contar sua história.

Eu nem sabia que meu amigo poderia ser tão profundo, mas guardei aquilo para mim, porque iria tornar isso minha meta de vida. Colocaria minha vida nos eixos e me certificaria de mostrar à Pâmela que ela estava enganada.

MEL

Quando chegou para me pegar, João foi cortês. Pegou minhas malas e perguntou como eu estava. Nós já fomos melhores amigos, sabe? Algo parecido com isso, pelo menos. Eu era um pouco egoísta e mesquinha quando pré-adolescente. Maltratava todas as pessoas ao meu redor e foi a única época da minha vida que Jonah e Karen se afastaram de mim. João sofria na pele por eu ser desse jeito. Com 15 anos, eu melhorei um pouco, mas nossa relação já estava estremecida. Ele, que era quatro anos mais velho, assumiu suas raízes e foi embora. Antes de sair, ele veio até mim e disse o que me fez ligar para ele algumas horas atrás:

— Um dia, você vai precisar do caipira estúpido aqui. Eu vou estar lá, Pâmela. Você só precisa me ligar e eu estarei lá para ajudá-la.

Se João tivesse jogado na Mega Sena, provavelmente ganharia, porque ele não poderia estar mais certo.

Olhando para meu primo, eu podia ver o quanto ele tinha mudado desde que nos vimos pela última vez. A cara de bom moço permanecia, mas meu primo magrelo tinha músculos de um lutador agora. Eu sabia que aquilo se devia às horas que ele gastava na fazenda, fazendo o trabalho braçal, mas ainda era estranho para mim. Quando pré-adolescente, João era apenas um garoto magrelo que gostava de música sertaneja. Que ficava doido quando via cavalos sendo maltratados e que sonhava em voltar para o campo, de onde tinha saído após a morte dos pais. E eu me senti mal por tê-lo tratado dessa maneira.

— Você não se importa se eu ouvir sertanejo, né?

Eu encarei João e vi um sorriso dançando nos seus lábios. Isso, definitivamente, quebrou o clima tenso entre nós.

— Não, seu caipira estranho. — Eu estava sorrindo. João também.

— Eu ligaria o rádio assim mesmo, mas já que você não se importa... — Ele deu de ombros.

Na verdade, ele colocou um pendrive no seu rádio para ouvir música. Contrariando os filmes com *cowboys*, a caminhonete de João era bem moderna. Estava usada, mas provavelmente era um modelo dos últimos cinco anos e não algo de mais de trinta. Em comparação, a música que soou nos alto-falantes era de trinta anos atrás. No mínimo.

— O que no céu, na terra e no inferno é isso que está saindo das caixas de som?

João me olhou como se eu tivesse um olho a mais bem no centro da testa, depois riu.

— Vai ser engraçado ter você em casa, Pam. — Ele ficou em silêncio por uns minutos. — E quem está cantando é uma dupla chamada Milionário e José Rico.

— O que aconteceu com Maiara e Maraisa? Simone e Simaria?

Ele nem se deu ao trabalho de respondeu, só riu. Com vontade.

Tudo o que eu sabia sobre a nova vida de João era o que minha mãe contava. Ele se mudou para o pequeno município de Santo Isidoro, na Bahia, após pegar toda a herança do seu pai, que estava congelada para quando ele fizesse 18 anos. Não era dinheiro o suficiente para ficar milionário, mas o bastante para meu primo ser feliz. Não vi fotos de sua fazenda nem nada do tipo, mas eu sabia que ele tinha expandido sua riqueza a ponto de comprar várias terras vizinhas. João disse que precisava passar na cidade antes. Ele me deixou no carro e entrou em uma pequena loja de móveis de madeira. Eu fiquei dentro do carro enquanto o assistia conversar com uma atendente. Ela era uma mulher de meia-idade, mas eu não conseguia ver muito bem de onde estava. Comecei a olhar ao redor e vi Paiva Móveis escrito no letreiro da loja. Poderia ser uma coincidência, mas eu não duvidava nada que João também fosse dono de alguns empreendimentos da cidade.

Era um belo soco no estômago saber que eu estava *muito* errada sobre ele.

Essa era uma parte da minha vida que eu não gostava de lembrar. Foi até a minha festa de quinze anos ter sido um desastre emocional para que eu acordasse e percebesse a importância de ter pessoas ao lado.

Quando João voltou, ele me contou um pouco sobre o lugar em que eu iria morar. Santo Isidoro ficava praticamente no meio do nada, mas havia um pequeno centro comercial, onde estávamos naquele minuto, que era comumente chamado de "cidade". As fazendas eram a "roça". Ali no centro ficava o pequeno hospital da cidade, uma igreja, algumas lojas etc. Se alguém precisasse de alguma coisa a mais, deveria ir até a cidade vizinha — que fica a 29 km de distância, mas é muito maior. Logo João voltou para o carro e dirigimos por mais alguns quilômetros até a fazenda.

A fazenda. Eu não fazia noção do tamanho daquilo, mas era grande. Bem grande. João parou na frente de uma casa que deveria ser a principal. Ela era simples, mas grande e parecia muito bem cuidada. Eu podia ver três outras casas espalhadas na propriedade, um galinheiro, um haras (onde ficam os cavalos), um armazém enorme para guardar o que seria vendido e um espaço amplo onde as vacas estavam pastando. É claro que João me apontou tudo isso e explicou, porque eu não sabia diferenciar nada.

Ele tinha muitos funcionários. Uma das três casas da propriedade era do sócio dele, onde vivia com a esposa e os três filhos. João não quis contar muito a respeito, apenas apontou os fatos. As duas outras casas eram para os empregados da fazenda passarem a noite, já que a maioria mora longe e fica durante toda a semana. Ele não me explicou muita coisa sobre como a fazenda funcionava, pois disse que eu entenderia com o tempo, se quisesse. A casa em que ele mora não é a maior, mas é a mais nova, porque foi construída quando ele comprou sua parte na parceria. Era onde eu ficaria, e ele explicou que eu teria bastante privacidade na casa, porque toda a movimentação de pessoas ficava na casa do seu sócio. Até as refeições eram feitas lá, segundo ele. Havia uma mulher sentada na varanda descascando batatas. Quando descemos da caminhonete, ela veio em nossa direção.

— Chegaram rápido, menino João. — Ela tinha um sotaque interiorano fortíssimo e o fato de chamar meu primo de menino falava muito sobre a mulher.

— Fátima, essa é Pâmela, a prima que eu disse que vai passar um tempo conosco — apresentou-me. — Pam, essa é a Fátima, eu falei sobre ela.

Ah, sim. A esposa do sócio dele.

— É um prazer conhecê-la, dona Fátima.

Ela abriu um sorriso imenso para João.

— Ela tem esse mesmo sotaque carioca que você tinha quando chegou aqui, menino. — Fátima estendeu a mão para mim. — Seja bem-vinda, minha filha. Eu vou mostrar a casa. — Ela fez sinal com a cabeça para o lado de dentro e eu a segui. João veio atrás com a minha mala.

A casa era simples, sem muita frescura, mas bastante aconchegante. Não parecia em nada com aquelas casas de solteiro, como o esperado. Meu quarto tinha apenas uma cama de casal, um guarda-roupa e uma penteadeira, mas era o suficiente para mim. Primeiro, Fátima me levou em um tour pela casa, apresentando cada cantinho, até o interior do quarto do João. Em seguida, fui deixada sozinha no andar superior para me ajustar. Eu arrumei minhas roupas no guarda-roupa e, em seguida, comecei a rabiscar em um caderno como seria meu plano de vida nos próximos anos. Eu tinha muito a planejar. Estava totalmente imersa e mal vi as horas passarem. Voltei à realidade ao ouvir uma batida na porta, que já estava aberta. João estava ali parado.

— Você está bem? — assenti. — Precisa de alguma coisa?

Comecei a pensar em todas as coisas de que eu precisaria nos próximos meses, assim, achei que seria justo com ele que eu contasse.

— Você tem um tempinho para conversarmos? — Ele assentiu e entrou no quarto. Nós nos sentamos lado a lado na cama, como fazíamos quando éramos crianças. — Eu sei que você deve estar achando estranhíssimo que eu tenha simplesmente aparecido na sua vida assim.

— Eu fiquei me perguntando o que você aprontou. — Ele foi sincero.

— Eu estou grávida, João. — Soltei de uma vez. Uma de suas sobrancelhas se levantou e meu primo me encarou.

— Você sabe quem é o pai?

— Sei — concordei. — Não sei se você já ouviu falar dele, mas ele é um lutador de MMA. Todos o conhecem como Hook.

— E você está fugindo dele. — Não foi uma pergunta.

— Toni é um pouco violento. — Eu ouvi João prender a respiração. — Não comigo. Ele nunca encostou um dedo em mim dessa forma. Pelo contrário, ele é bem carinhoso. — Contei toda a história de como Caio estava me assediando e Toni acabou batendo nele. — Tenho medo de que um dia ele perca o controle comigo ou com os bebês. É por isso que precisei fugir. Agora preciso da sua ajuda.

— Não estou aqui para julgar suas atitudes, Pâmela, mas você tem certeza de que fugir dele é a melhor escolha? Você disse que ele não é assim com você, e eu acho que também perderia a cabeça se minha mulher fosse assediada por um cara. Várias vezes seguidas, principalmente depois da forma como se conheceram.

— Não quero viver com medo, João. Não posso viver com a possibilidade de um dia ele perder o controle e machucar a mim ou aos nossos filhos.

Nós dois ficamos em silêncio por um tempo, João me encarando. Eu sabia que não éramos mais amigos, mas os laços familiares sempre falam mais alto. É como uma mãe que defende seu filho, mesmo que ele seja um criminoso.

— Não aprovo o fato de você privar esse cara de conhecer o filho. Muito menos fazer com que o bebê cresça sem o pai. Mas isso não é algo que vamos discutir agora. Como está a gravidez?

Minha mão involuntariamente foi até o ventre e o olhar dele também. Eu entendia o ponto de vista dele e concordava em parte, mas também não ia discutir sobre o assunto.

— Os bebês estão bem. Tenho um pouco de medo de como será daqui para frente, porque dar meu nome em um hospital pode ser uma porta para Toni me encontrar, mas eu preciso fazer isso.

— São gêmeos? — Eu podia ver um pequeno sorriso dançar em seu rosto.

— Ainda não sei o sexo, apenas que são dois bebês.

João respirou fundo e se dobrou na minha direção, aproximando o rosto da minha barriga. Ele a acariciou e essa não era a primeira vez que alguém fazia isso, mas, de alguma forma, a coisa toda ficou ainda mais real.

— Assumo que estou um pouco nervoso com a realidade de ter crianças correndo aqui, mas provavelmente vai ser legal e eu vou poder ensinar a eles uma coisa ou duas sobre como ser um caipira idiota.

Eu respirei fundo e fechei os olhos. Sabia que ele dizia isso em um tom brincalhão, mas era muito sério para mim agora. Odiava o que eu tinha feito no passado e essa era hora de pedir desculpas. Eu não era aquela garotinha, não mais.

— Eu sinto muito por ter maltratado você enquanto crescíamos, João. Não sou mais aquela garota e preciso mesmo que você saiba que me envergonho do que eu dizia e fazia para você.

Meu primo deu de ombros e descansou os braços atrás da cabeça.

— Você era bem babaca quando adolescente e eu fico feliz que tenha melhorado. Meus sobrinhos merecem alguém melhor do que uma mãe mimada.

Lágrimas se formaram nos meus olhos. Eu sei que não sou mais uma garota mimada, mas qual era a probabilidade de eu ser uma boa mãe, de qualquer jeito?

— Obrigada por me receber, João. Isso significa tudo para mim no momento.

— Fique o quanto quiser, Pam. — Ele passou um braço por meus ombros. — Nós vamos fazer o que pudermos por esses dois e você vai ser uma boa mãe. — Eu me agarrei ao seu corpo, porque estava verdadeiramente precisando ser acalentada.

Nossa conversa continuou por horas. Eu contei a ele sobre como nós fizemos para minha fuga ser realizada, sobre os planos que eu tinha e ele me falou sobre um amigo seu que era médico em Salvador, mas que visitava as mulheres da região que engravidavam, porque não havia maternidade por perto. Ele também contou sobre como acabou sócio da fazenda. Aparentemente, o marido da dona Fátima estava com muitas dívidas quando se conheceram. Ele tinha alugado um canto em Santo Isidoro, porque queria procurar uma fazenda na região para morar. Quando soube das dificuldades financeiras que eles estavam passando, ofereceu uma sociedade. Pagaria as dívidas e faria um investimento com a herança que seus pais tinham deixado para ele. Foi o suficiente para dar o empurrãozinho que a fazenda estava precisando. A cada palavra que saía da boca dele, eu percebia o quanto meu primo amava aquele lugar e o quão idiota eu tinha sido com ele. E eu prometi melhorar. Faria o que fosse preciso por ele, pela fazenda, pelos meus bebês.

Esse seria um novo capítulo na minha vida. Eu não podia mais ser a Pâmela que eu fui, por isso fazia questão de ser uma muito melhor. E eu seria.

OITAVO

MEL

Karen chegou.

A casa de João possui dois andares: no inferior, uma sala e uma cozinha simplesmente enormes, um banheiro, uma despensa e uma espécie de depósito de coisas de fazenda; no superior, quatro quartos e um banheiro. Eu não entendia por que João tinha tantos quartos em uma casa em que vivia sozinho, mas ele me explicou que estava vislumbrando o lugar "a longo prazo", com família e filhos. Eu entendia isso. A coisa era: da janela do meu quarto, eu vi quando o filho do seu Francisco, sócio do João, chegou trazendo minha melhor amiga. No minuto seguinte, eu estava descendo para o piso inferior.

A vida é muito solitária por aqui. Todos os trabalhadores da fazenda são homens. Os três filhos do seu Francisco e da dona Fátima também o são. Duas mulheres de fazendas vizinhas vêm para ajudar Fátima com a casa e as coisas, mas não consegui me inserir no grupo delas. Na minha primeira semana, eu tentei. Ia até elas para ajudar com os afazeres, mas cada uma segue um roteiro rígido de suas tarefas e não me inclui em nada. Nem nas tarefas nem nas conversas. Era estranho me sentir sobrando o tempo inteiro. Fátima até tentava me trazer para o assunto, mas era complicado para ela, com todas as tarefas e responsabilidades. Por isso, dediquei-me a ser a responsável pela organização da casa de João.

Ultimamente tudo o que eu faço se resume a acordar, deixar a casa em ordem e cozinhar. Aprendi a fazer uma lista interminável de comidas só nesse período em que estou aqui. Na verdade, eu não vejo nenhum problema nisso. Eu vivo nessa casa e não há nada que eu possa fazer. Não pago nenhuma conta e João me proibiu terminantemente de ajudá-lo na fazenda até que os bebês tenham nascido. No restante do tempo, só durmo. Os únicos canais de televisão eram Globo, Record e SBT. João passa a maior parte do tempo do lado de fora de casa e, por conta disso, não se preocupa em ter canais de qualidade. Ou Netflix. Existe internet, mas não trouxe meu computador comigo na viagem e ela também não é da melhor qualidade. Sem contar que é distribuída para toda a fazenda. Pelo que João explicou, era apenas para o trabalho burocrático, quando ele precisava fazer.

Nos dezenove dias em que estive na fazenda, esse foi o único lugar de Santo Isidoro que eu vi. Não que eu seja famosa ou algo do tipo, mas eu vi fotos minhas e de Toni na TV do aeroporto. Falava sobre o ocorrido e eu me movi para não ter que assistir. Não quero ter que responder a perguntas. João contou que a cidade é mesmo pequena e tem o nome do santo que é padroeiro da agricultura, porque essa foi a sua origem. No início, agricultores muito pobres tinham algumas terras e viviam do sustento dela. A cidade não tinha *nadica* de nada, nem hospital nem nada parecido, mas uma igreja foi construída logo que as pessoas chegaram às terras e eram todos muito religiosos.

Assim chegamos ao momento atual. Karen estava na base da escada e eu voei em sua direção, abraçando-a.

— Deus do céu, você não ter WhatsApp é uma droga, garota. — Meu 3G simplesmente não pega na região e não existe Wi-Fi na fazenda. — Como você e meus afilhados estão? Já encontrou um médico? Eu preciso examinar os bebês. Por favor, me deixa examinar os bebês. — Eu apenas sorri, porque senti falta de ter minhas amigas também. Quando toda a falta que eu sentia delas me bateu, comecei a chorar nos ombros de Karen. — Ah, garota, seus hormônios estão bagunçando com você, né?

Eu só assenti.

— Eu vou ficar bem. — Obriguei-me a voltar ao meu normal, me recompus e puxei Karen pela casa.

João estava bem ocupado hoje e só voltaria para o jantar, por isso pediu que o filho do seu Francisco fosse buscar minha amiga. Ainda assim, nós tínhamos separado um quarto no segundo andar para ela e eu tinha feito a faxina. Eu me joguei na cama que seria dela pelos próximos dias e Karen parou no meio do quarto encarando minha barriga.

— Que foi? — Depois de um minuto inteiro sendo encarada, eu resolvi perguntar.

— Sua barriga está tão linda, amiga. — Ela respirou fundo. — Acho que eu vou ficar emotiva agora. — Karen se sentou ao meu lado e eu me enrolei na lateral da minha amiga, enquanto ela passava um braço por meus ombros.

— Eu estou emotiva há dois meses e meio, você pode compartilhar um pouquinho disso comigo.

Karen começou a acariciar minha barriga.

— Você foi ao médico?

— Sim, o melhor amigo do João é médico. Ele veio aqui e eu mostrei os exames que fizemos, então ele tocou minha barriga para todo lado. Disse que só ficaria devendo o ultrassom, porque o aparelho portátil dele estava com defeito. Eu nem sabia que existia um aparelho portátil para se fazer ultrassonografia.

— Existe — Karen confirmou. — É muito comum com médicos que atendem consultas em casa ou esses que vão a locais precários, como pequenas cidades no interior ou em situações de conflito — Karen explicou, toda inteligente, e eu só assenti. — Quando você volta lá?

— Eu não volto — neguei. — Ele vem aqui. Não posso simplesmente dar entrada em um hospital, Karen.

Minha melhor amiga respirou fundo e me encarou.

— Mas você está se cuidando, não está? — Ela parecia genuinamente preocupada e eu só podia sorrir.

— Claro que eu estou me cuidando, Karen. Não posso fazer nada que prejudique os bebês.

Sorrindo, Karen segurou na minha mão.

— É que é estranho, ok? Quando descobrimos que você estava grávida, imaginei que estaria a duas quadras do seu apartamento e teria que duelar com Hook para ter um momento com os bebês. Nunca passou pela minha cabeça ter que pegar mais de um avião, fazer conexões, tudo para ver meus afilhados.

Eu desviei o olhar. Sei que ela não teve a intenção, mas doeu. Pensar em tudo o que eu estava perdendo doeu. Pensar em Toni doeu ainda mais. Desde que cheguei aqui, pensar nele dói. Se eu for sincera, dói o tempo inteiro, porque eu queria isso com ele. Eu queria uma família e não vamos ter.

Respirei fundo, tirei a dor do olhar e abri a boca para falar, mas ouvi passos no andar de baixo e uma voz gritando.

— Ô de casa! — Era a voz de Gustavo, o amigo médico do João.

Eu me levantei devagar da cama, caminhando em direção ao corredor.

— É o médico, amiga. Já volto. — Desci as escadas e vi que ele estava no hall.

Gustavo Melo é um gato. Não sei muito sobre ele, porque é amigo de João e não meu, mas aparenta ter menos de trinta anos, exibe um sorriso de tirar o fôlego e uma barba muito bem-feita. Quem não ama uma barba bem-feita?

— Oi, Pam, tudo bem? — Ele veio até mim, sorrindo. Havia uma maleta em sua mão, mas ele não usava jaleco, apenas uma polo azul escura e jeans.

— Oi, Gustavo. — O apelido dele, na verdade, é Gusta, mas eu achava bem estranho e sempre o via torcendo o nariz quando alguém o chamava assim. — Não sabia que você viria hoje.

— Desculpe-me por não avisar, menina. — Seu sotaque baiano estava arrastadíssimo hoje e eu achava uma graça. — Surgiram uns imprevistos para amanhã, por isso resolvi vir hoje. Esse telefone de vocês não funciona?

Balancei a cabeça, porque ele tinha amanhecido ruim.

— João disse que arrumaria quando voltasse.

— Eu vou pegar o telefone do seu Francisco para as próximas vezes. Atrapalho? Tudo bem se examinarmos esses bebês hoje?

Não pude conter meu sorriso. Karen explodiria de alegria.

— Por mim, tudo ótimo. Preciso avisar que uma amiga minha está aqui. Ela é ginecologista e pode atrapalhar um pouco a sua vida.

Ele deu uma risada e concordou com a cabeça. Eu fiz sinal para que ele me seguisse ao andar de cima.

— Ela não é daqui?

— Não... — Eu balancei a cabeça em negação. — Ela é do Rio, como eu, mas morávamos em Las Vegas.

— Claro. — Ele tentava conter um sorriso. — Sou dono de muita paciência, fique tranquila. — Nós rimos.

Karen estava na porta do quarto quando nós chegamos ao topo da escada. Assim que ela e Gustavo se viram, houve um pequeno momento estranho. Ela é uma coisinha pequena e fofa, com seu cabelo agora curtinho castanho, olhos doces e carinha de boa moça. Gustavo, como eu disse, é um gato. Eu me senti dentro de um livro em que dois protagonistas se veem pela primeira vez. Eu sabia que deveria apresentá-los, mas não quis ser a estraga-prazeres e quebrar a química do momento. Quando a coisa começou a ficar constrangedora, eu intervim:

— Amiga, esse é Gustavo, o médico que falei. Gustavo, essa é minha amiga Karen. Eu vou buscar uma roupa no meu quarto, apareçam lá quando terminarem de se encarar.

Fui até meu quarto e separei um short e uma bata. Eu usava um vestido, mas me sentiria mais à vontade se fosse examinada desse jeito. O banheiro do meu quarto estava com a lâmpada queimada e João prometeu arrumar quando chegasse, então preferi usar o corredor. Ao passar por Gustavo e Karen, eles estavam bem mais próximos e se encaravam, conversando em tom baixo. Esses dois eram rápidos demais. Não me viram sair do quarto e entrar no banheiro, mas quando eu voltei, já me esperavam. Karen teria que me contar todos os detalhes assim que o médico gato saísse pela porta.

Entrei no quarto e Karen estava arrumando travesseiros na minha cama. Gustavo arrumava um notebook em cima do criado-mudo. Eles continuavam conversando alguma coisa em tom baixo.

— Eu posso entrar ou precisam que eu vá dar uma volta?

Karen levantou os olhos para mim e eu pude ver um misto de sentimentos em seus olhos. O nervosismo estava vencendo.

— Está tudo bem, amiga. Deita aqui enquanto o Guto termina de arrumar o ultrassom portátil.

Guto? Karen chamou Gustavo de Guto? Deixei passar, mas minha amiga teria muito que explicar mais tarde. Ela me ajeitou na cama enquanto ele fazia os procedimentos no computador. Gustavo mediu minha pressão e fez mil perguntas. Quando ele estava prestes a começar o ultrassom, ouvimos o som de alguém entrando em casa.

— Tô em casa, prima! — Era João. Eu sorri, porque queria que ele estivesse ali para esse momento.

— Sobe aqui — gritei para ele.

Paramos por alguns minutos enquanto o incluíamos na consulta médica e eu apresentava Karen para ele. João pegou uma cadeira na cozinha para se sentar, porque disse que estava muito sujo para se sentar na minha cama. Segundo ele, só fez uma pausa para ver se estávamos todos bem por ali e já voltaria ao trabalho. Com a notícia do ultrassom, ele ficaria por mais uns minutos. Gustavo ligou o aparelho para não perdermos tempo.

— Olha quem está facilitando a vida do doutor hoje. — Gustavo sorria para o monitor e eu me estiquei para ver, mas era um pouco difícil. Ele reajustou a tela para que ficasse no meu campo de visão. — Bom, um dos bebês está facilitando pelo menos.

— Anda logo, Gusta. Macho ou fêmea? — João falou, indo direto ao ponto.

— Bom, o que está facilitando é um menino. — Para afirmar sua posição, ele apontou para que pudéssemos ver. Eu não entendia nada, mas se ele dizia que era, apenas aceitaria. — O segundo não está de bom humor hoje. Deixe-me continuar examinando você, quem sabe ele não resolva cooperar. — Precisou de mais alguns minutos para que ele fizesse algumas anotações em seu caderno, mas, em seguida, franziu a testa. Logo seu rosto inteiro se iluminou. — Olha lá! — Ele agora tinha um grande sorriso no rosto. — Parece que você terá um casal!

O segundo dia de Karen na fazenda amanheceu lindo. Ela me convenceu de que esse era um pequeno período de férias e que ela merecia usufruir um pouco da piscina. Colocamos biquínis e nos estendemos nas espreguiçadeiras.

— Sabe o que faltou para essa manhã ser perfeita? — Karen perguntou, meia hora depois de estarmos ali torrando no sol.

— O quê, amiga?

— Umas margueritas. — Encarei-a e vi o sorriso singelo escapando de seus lábios. — Mas você está grávida e não pode beber, logo não insistirei.

— Tem suco de limão na geladeira, se servir para as suas férias perfeitas.

— Serve, eu já volto. — Karen foi aos pulinhos até o lado de dentro da casa. Tinha esquecido os chinelos e o chão estava quente. Quando voltou, trazia dois copos altos de suco. — Por que você tem uma geladeira com umas cinco jarras de suco de limão?

— É o favorito do João. Eu faço para ele levar com ele enquanto trabalha. Nunca vi beber tanto alguma coisa e não enjoar.

— Já que ele está no trabalho, onde deveria mesmo ficar para que possamos ter uma manhã de meninas, tenho que perguntar por que você escondeu da gente que João ficou um gato.

Comecei a rir, porque não é normal ver Karen tão interessada em homens. Ela é uma nerd completa.

— Não escondi, eu não sabia. Da última vez que nos vimos, ele era magricelo. Isso é efeito de ser fazendeiro, eu acho.

— Eu vou escrever uma teoria sobre isso, sabia? Ou talvez começar uma nova modalidade esportiva. Quem precisa de um viciado em academia com um cara que planta, cuida dos animais, anda a cavalo e mais um monte de coisas?

Ela estava certa, porque um homem como João era suficiente para alimentar os sonhos de qualquer mulher. Mas citar viciados em academia só me fez lembrar de um homem que ainda tem meu coração e meus pensamentos. Um homem que eu quero esquecer.

— Ok, tudo bem, falamos sobre as mudanças de João, mas você ainda não me explicou o Caso Guto.

Ontem, logo que Gustavo saiu daqui, eu questionei Karen sobre o que tinha acontecido. Chamei toda a situação de Caso Guto, já que ainda estava na minha mente a forma como ele deixava escapar um pequeno sorriso toda vez que ouvia minha amiga chamá-lo dessa forma. De onde eles se conheciam e tudo o mais. Só que ela foi mais rápida que eu e escapou pela tangente. Mas isso não seria assim por muito tempo. Quer dizer, não iria passar de agora. Karen teria de falar.

— Nós nos encontramos em uma conferência logo que eu me formei. Acabamos nos aproximando e trocamos informações por algum tempo, mas passou. Já não nos falamos há anos.

— Por quê? — questionei, tentando tirar alguma coisa dela. — Qual dos dois traiu no relacionamento?

— Quem traiu o quê, Pam? Nós nem namoramos para ter havido traição.

— Droga, Karen. Preciso de um tórrido caso de amor para me entreter enquanto estou nessa fazenda.

— E que tal pegar um livro, amiga? Não conte com a minha vida amorosa para isso. A sua sempre foi mais interessante que a minha.

— É, mas agora a minha vida amorosa é inexistente.

— Porque você quer, né, Pâmela? Pelo que eu sei, há um homem ferido precisando do seu apoio nesse exato momento.

Fechei o rosto na mesma hora. Falar sobre Toni é ruim, mas pensar nas palavras que tive que dizer a ele para ir embora e no fato de que virei as costas para ele no momento mais difícil da sua vida é ainda pior.

A ideia foi mesmo essa. Eu precisava fazer algo que afastasse Toni de uma vez, mas, mesmo assim, não parece ter sido suficiente, porque ele não desistiu.

Quer dizer, eu já não sei de mais nada. Não contamos ao mundo que terminamos, porque eu simplesmente sumi, mas Toni postou uma foto minha com uma declaração de amor enorme cinco dias depois que eu fui embora. E na semana passada postou uma foto nossa e escreveu "saudades <3".

Eu também sentia falta dele. Todos os dias.

Mas não sentia falta do seu lado raivoso, aquele que ficava cego e surdo enquanto brigava, a ponto de mandar um cara para o hospital. Aquele que me assustava tanto que eu tinha medo de, um dia, ele dirigir sua raiva a mim.

— Pam, eu sei que você está com medo dele, mas ele precisa de você. Se Hook se enfiou nesse problema, amiga, foi para defender você de um babaca que não sabe ouvir não. Tudo bem estar com medo depois daquela demonstração de violência, mas o cara perdeu tudo e está por um triz de ser preso.

Ela consegue a minha atenção com isso. Quando deixei Toni para trás, ouvi que tudo daria certo. Eles iriam voltar a Las Vegas, pagar uma multa e seguir com a vida... Ninguém me disse que ele poderia realmente ser preso.

— Preso?

— É, amiga... — Ela soltou uma risadinha sem humor. — Se eles não provarem que a motivação dele foi defender você das provocações do Animal, parece que ele pode realmente ir parar na cadeia.

NONO

TONI

Todo o ar que eu estava segurando nas últimas horas saiu pelos pulmões, mas não foi com alívio. Eu poderia ter saído de dentro daquele lugar que me asfixiava, mas ainda me encontrava no Brasil, ainda estava sendo acusado, e meu pedido para ser julgado nos Estados Unidos foi negado depois que fui afastado da Liga.

Ouvi a porta do outro lado bater e rapidamente Declan saiu com o carro. Ele costuma dizer que dirigir o relaxa, então é ele quem nos leva para todos os lugares na cidade.

— Qual o próximo passo? — meu melhor amigo perguntou.

— Vou organizar nossa estada — Calvin começou. — Já que você vai ficar mais tempo aqui, não faz sentido continuar em um hotel. Nesse meio tempo, seria ideal se você tentasse falar com aquelas garotas sobre onde está sua namorada.

— Calvin, não. Nem comece com isso.

— Você sabe que é sério. Eu não quero trabalhar para um cara fadado ao fracasso. Sua situação só piora. Sua última chance é conseguir que ela deponha no caso, mas não há nenhuma garantia de que você voltará à MFL. Você ouviu o que Morgan disse na reunião, mas eu tenho a esperança de que uma declaração de Pâmela possa pesar e muito na sua situação.

— Calvin, na boa. Cala a boca ou você pode ser o próximo a receber a ira do Hook. Ainda não entendeu que a mulher fugiu e que as amigas estão do lado dela? — Ele disse e eu agradeci mentalmente.

A senhorita Paiva, como eu costumava chamá-la agora porque doía menos, era um assunto que eu odiava comentar. Sim, odiava, porque eu fui absurdamente cego. Pâmela estava lá me dando adeus, despedindo-se de mim permanentemente e eu não enxerguei. E tenho certeza de que ela não me deixou simplesmente por conta da surra que eu dei em Caio. Se minha namorada tomou uma decisão como essa, eu a estava decepcionando há algum tempo. Isso elevava meu status de idiota a outro nível.

Não quero falar sobre isso. Desde que disse tudo a Declan quando estava bêbado, procuro fugir do assunto, dizendo apenas o básico. O trânsito estava uma droga. Era Rio de Janeiro, centro da cidade, Aterro do Flamengo e todo o fluxo de depois das 16 horas. Felizmente, Calvin começou a fazer suas ligações e parou de me importunar. Meu amigo estava na dele, mas eu sabia que queria fazer comentários. Como não fez ali, tinha consciência de que ficaria insistindo no assunto por horas quando chegássemos ao hotel. Mesmo que ele não seja de falar, ultimamente está com a língua bem solta. E quando chegamos, foi exatamente isso que aconteceu.

— Quero saber de você qual é o seu próximo passo, cara.

Se ele queria conversar sobre isso, eu precisava de um saco de pancadas.

— Eu vou te dizer — disse a ele assim que a porta do elevador se abriu, rendendo-me. — Assim que chegarmos à academia e eu tiver algo seguro para dar uns socos, respondo suas perguntas.

Nós nos separamos e, quando eu cheguei à academia do hotel, ele ainda não estava lá. Comecei a fazer um alongamento, mas o que eu realmente queria era esmurrar uns sacos. Minha raiva estava atingindo níveis astronômicos e não havia muito que eu pudesse fazer para pará-la. Quando chegou, nós terminamos de nos alongar e amarrei as luvas de box na mão, porque gostava de treinar com elas. Rush não me pressionou, apenas ficou segurando o saco para eu bater. Fiquei calado, processando o que eu queria revelar a ele.

— Três metas. Um centro de treinamento. Na parte de cima, o melhor que pudermos oferecer para treinar futuros campeões. A parte de baixo é um espelho da parte de cima, mas será para o treinamento de garotos pobres. Essa é a primeira parte do plano. — Distribuí mais alguns socos. Rush nada falou, apenas esperou. — Uma boate. Puramente para movimentar uma grana; vou deixar alguém para gerenciar. Quero desenvolver algo não apenas para os turistas de Las Vegas, mas para os locais. Aqueles que, como nós, estão permanentemente na cidade e ficam cansados de todo o *glitter* que você encontra nos cassinos. Essa é, claramente, a segunda meta. A terceira é Pâmela. Vou fazer o que precisar para trazer a minha mulher de volta.

Rush xingou e soltou o saco, dando alguns passos para trás.

— Já estava na hora, cara. Achei que você tinha virado um idiota e desistido de lutar pela sua mulher.

Sorri de lado, porque essa era a última coisa que eu faria na vida.

— Pâmela é a minha vida, Rush. Tudo bem, ela virou as costas para mim no momento em que eu mais precisava dela, mas eu prefiro acreditar que fez o que fez, sem nem mesmo conversar comigo, por algum motivo específico. Não quero acreditar que me deixou apenas pela luta com o Animal, até mesmo porque eu só enchi a cara dele de porrada porque ele a ofendeu.

— Eu não sei mais... Estou tentando descobrir alguma coisa com as garotas e o Tiger, mas eles não estão ajudando. Ficaram todos do lado da Pam.

— São amigos dela, têm mesmo que apoiá-la.

— Mas é complicado, Hook. São amigos dela, mas vão deixar você ir para a cadeia porque ela não pode te ajudar com um mísero depoimento.

— Eu sei, Rush. Sei que eles estão sendo injustos comigo. Fico revoltado, porque se estivesse no lugar deles, teria feito o possível para ajudar. Só que eu não tenho como ficar irritado de fato. Pâmela estava mais do que certa em me dar um chute, mas o cara que vai bater na porta dela não será o mesmo que ela deixou. Como você me aconselhou, cansei de deixar alguém narrar a minha vida. Eu sou o protagonista, vou narrar em primeira pessoa.

Dei dois tapas no saco, um código meu e do Rush para voltarmos ao treinamento. Ele ficou em posição e eu voltei a bater. As minhas metas tinham uma ordem específica, mas não pela sua importância. Isso também não significava que eu conseguiria realizá-las nessa ordem. Primeiro eu queria o centro de treinamento, porque era nisso que eu passaria o resto da minha vida trabalhando. Em segundo lugar, a boate, porque eu precisaria da grana. O centro de treinamento não me traria um retorno rápido.

A única coisa de que tinha pressa era Pâmela. Eu queria ser paciente e poder dizer que esperaria toda a minha vida estar no lugar para finalmente conversar com ela, mas não dispunha desse tempo. As coisas estavam se complicando judicialmente para mim, e eu precisava da ajuda dela.

Eu queria ter tempo para focar em mim mesmo, na minha mudança, mas sabia que não seria possível. Quando eu encontrasse essa mulher, ela teria que aceitar minhas promessas. Acreditar que o que eu sentia era suficiente para me tornar alguém melhor para ela. Para me tornar alguém melhor para mim mesmo.

Nos dias que se seguiram, Calvin ocupou-se de arrumar nossas acomodações. Eu sabia que ele estava deixando a minha carreira de lado para focar nos seus outros atletas, porque já não acreditava mais em mim. Todas as vezes que estávamos na presença um do outro, ele estava resolvendo algum problema de outro lutador. Dizia que, por estar no Brasil comigo, estava deixando-os de lado. No fundo, ele vinha sendo só um corpo presente ali; então tomei uma decisão. Calvin seria demitido assim que eu contratasse um novo assistente. Ele era bom em ser meu agente, mas deixou bem claro que não trabalharia com "um cara fadado ao fracasso". Considerando que eu tinha 99% de chance de ser expulso da MFL, precisaria de outra pessoa me representando. Alguém que acreditasse em Antônio Salles, não em Hook, o lutador.

Na verdade, decidi que não queria outro agente. Eu poderia falar por mim mesmo. Precisava de alguém que me auxiliasse no dia a dia. Um braço direito. Alguém que lidasse com as dores de cabeça que eu não tinha paciência para lidar, como marcar consultas médicas e organizar minha agenda. Pedi a Rush para perguntar à equipe dele por alguma indicação, porque eu não confiava mais nos meus funcionários.

Meu amigo precisava voltar para os Estados Unidos, porque tinha uma luta para vencer, mas eu o deixei com uma missão: preparar o terreno para quando eu pudesse voltar. Se tinha alguém em quem eu confiava para escolher um local ou se encontrar com possíveis parceiros de negócios, era o meu melhor amigo. Como Calvin me deixou em paz naqueles dias e só apareceu quando era muito necessário, tivemos tempo para montar toda uma estratégia. Eu não queria que ele estivesse a par de nada disso, porque em breve ele seria página virada.

A imprensa brasileira estava em cima de nós loucamente. Em dois dias morando no apartamento alugado, eles me acharam. Era normal ver um carro de fotógrafo parado na minha porta, esperando por uma foto minha. Eu mal podia esperar pelo momento em que essa minha história virasse passado. Calvin tinha planejado várias entrevistas para mim em programas brasileiros, mas eu não tinha confirmado nenhuma. No fundo, o que eu queria era ficar recluso por um tempo, sem dar nenhuma declaração até que o veredicto do juiz saísse.

Nos primeiros dias depois de ter retornado a Las Vegas, Rush ficou muito ocupado com o treinamento para sua luta. Ela estava programada para a mesma noite que a minha com Animal, mas — obviamente — apenas a dele aconteceria. Eu peguei as indicações de assistente que Rush me deu e também coloquei um anúncio anônimo na internet e acabei entrevistando algumas pessoas sem que Calvin soubesse. Precisei de cinco dias para encontrar um assistente muito disposto em trabalhar comigo e que não fosse uma mulher, afinal, Pâmela era ciumenta. Ela não ia gostar nada de saber que eu contratei uma assistente. Se eu queria conquistá-la, ter sua confiança era importantíssimo. Ele era americano e trabalhou como assistente de uma cantora por dois anos, mas — como a maioria das estrelas de Hollywood — ela surtou recentemente e demitiu metade da sua equipe. Seu nome era Shane e parecia precisar do trabalho.

Quando nós desligamos a chamada via Skype e ele foi recolher alguns documentos que precisaria para sua contratação, liguei para meu escritório de contabilidade e disse que queria Calvin demitido e que preparassem papéis para um novo funcionário. Ele não ficou exatamente feliz com a notícia, mas eu apontei que essa era a sua chance de conseguir outro grande lutador, já que "não teria todo o seu tempo tomado pelas minhas merdas", outra frase que ouvi dele recentemente.

Na primeira folga que Rush teve, eu pedi uma reunião com ele, Shane, James, que é meu advogado, e com a empresa que cuida da minha assessoria de imprensa e do meu marketing. Ainda não estava certo de que continuaria com as duas empresas, já que estávamos discordando em vários pontos nesse período, mas não queria demitir toda a equipe que trabalhava comigo de uma única vez.

O encontro todo foi feito via Skype e eu fiquei admirado de perceber como as coisas poderiam ser resolvidas de qualquer lugar do mundo. Informei sobre a saída de Calvin oficialmente, a contratação dele e meus planos. Pedi que tudo fosse mantido em sigilo até que houvesse uma decisão no tribunal. Foi no momento em que toquei nesse assunto que ele disse a coisa mais inteligente que alguém disse em meses.

— Chefe, preciso colocar uma coisa na mesa antes que eu fique maluco. Espero que não se ofenda.

— Diga, homem. — Eu o encarei.

— Quando fui contratado, eu li o que aconteceu no Rio de Janeiro. Li seu histórico. Assisti a vídeos de algumas das suas lutas. Tudo isso me fez pensar sobre uma coisa. — Ele estava enrolando e eu sabia disso. Eu só queria que o cara chegasse até o ponto. — Já ouviu falar sobre o Transtorno Explosivo Intermitente? — Apenas neguei, porque não fazia ideia do que era. — Não sou médico nem nada, mas eu vi um amigo ser diagnosticado com isso. Acho que você deveria pensar no caso. James pode confirmar, mas acredito que faria alguma diferença na sua sentença.

O silêncio que se estendeu foi longo. Não quis pensar nas coisas negativas de ser diagnosticado com algum transtorno. Eu era homem o suficiente para lidar com isso. Se ajudasse na minha sentença, estaria aberto a testar o que fosse.

— James? — chamei, porque ele parecia pensar profundamente.

— O que ele disse faz todo sentido. Você deveria procurar um médico, um psicólogo. Isso definitivamente influenciaria na decisão do juiz. Apresentaríamos um plano de tratamento para você, mostraríamos que o que aconteceu foi um gatilho...

Olhei para ele novamente. O cara merecia um aumento depois dessa e ele acabava de ser contratado.

— Shane, quero você em um avião para o Brasil amanhã, mas antes encontre uma equipe especializada aqui e marque uma consulta.

Era isso que eu tinha que fazer. Focar na minha saúde, na minha recuperação. Mas, de todo jeito, o plano para recuperar Pâmela precisava começar. Depois de desligar a videochamada, dei o primeiro passo.

Liguei para Hugh Trenton, pronto para encontrar minha mulher, onde quer que ela estivesse.

DÉCIMO

MEL

Karen acabou esticando sua permanência no Brasil por mais alguns dias e eu sabia exatamente por quê. Ela pediu uma licença no hospital onde trabalhava, dizendo que aconteceu uma emergência de família durante a viagem, mas todos sabiam o que estava acontecendo.

Nunca fui a tantas consultas médicas em um curto período de tempo. Gustavo, melhor amigo de João, passou por aqui todos os dias. Todos. Os. Dias. Era engraçado até. No dia em que ficamos na piscina, ele deu uma passadinha rápida para pegar alguns papéis com João. Ficou duas horas tomando suco de limão com a gente na beira da água. Depois, no dia seguinte, passou para deixar umas vitaminas para mim. Ficou para o almoço. Apareceu de novo para recolher sangue para um exame de glicemia. E assim foi. Nos oito dias em que minha amiga está aqui, Gustavo apareceu em todos.

Eu estava muito feliz por ela, muito mesmo. Karen nunca foi de ter muitos relacionamentos, porque vivia preocupada em ser uma médica fenomenal — assim, os homens costumavam ficar em segundo plano.

Mas ter Karen comigo significava ter que pensar sobre a minha situação com Toni. Ela me falou tudo sobre o que estava acontecendo no julgamento dele, mesmo sem eu ter pedido. E isso me fez tomar uma decisão.

Resolvi gravar um vídeo para o YouTube. Um daqueles comunicados/desabafos/alertas. Pedi a ajuda de Karen, que arrumou uma pilha de livros e posicionou a câmera dela em cima.

— Eu ainda acho que você deveria ter feito um roteiro para isso —

disse, ligando a câmera. — Vai começar a falar e esquecer. A gente vai regravar várias vezes o vídeo.

— Amiga, fica tranquila. Já sei tudo que tenho que falar.

— E o que é? Porque você pediu ajuda, mas não me disse o que ia fazer. Eu estou aqui confiando em você acima de tudo.

— Fica tranquila, Karen. Eu estou fazendo a coisa certa. Vou falar aqui sobre a minha vida, as coisas que aconteceram diretamente comigo. Sei todas as coisas que senti e tudo o que passei, vai ser moleza.

Minha amiga suspirou e voltou a atenção para a câmera. Não seria moleza e eu sabia disso. Falar sobre essa situação, sobre o que minhas atitudes poderiam causar ao Toni era complicado para mim. Eu estava tentando não ficar nervosa, por medo de a situação se complicar para ele. Tudo o que eu queria era que Toni ficasse bem, que não fosse para a cadeia. Ele não merecia isso, por mais que eu tivesse dito o contrário. Mas a minha missão hoje era gravar um vídeo que servisse como depoimento, como prova de que ele não tinha feito tudo aquilo de propósito. Eu não poderia deixar minhas emoções tomarem conta de mim, principalmente porque meus hormônios têm levado a melhor sobre mim. Agora era hora de assumir a pose de mulher forte e resolvida. Entrar no personagem e deixar meus sentimentos guardados no canto mais obscuro da mente. Porque se eu os deixasse me dominar, não haveria vídeo nenhum, apenas um turbilhão de lágrimas.

Karen levantou um polegar para mostrar que já estava gravando. Organizei os pensamentos por dois segundos e olhei para a câmera.

— Oi, gente, tudo bem? Para quem não me conhece, meu nome é Pâmela Paiva e eu sou uma vítima de assédio. — Fiz uma pausa dramática. As aulas de teatro que tive na juventude me ajudavam a falar com mais facilidade, mas a formação em jornalismo era o que estava definindo a calma e a serenidade nas minhas palavras. Sem isso... Acho que já teria começado a gaguejar e falar tudo embolado. — A história que eu vou contar hoje é um pouco longa, espero que esteja bem acomodado e sem pressa. O assunto é importante. — Ajeitei-me no sofá, preparando-me para dar continuação. — Acho que toda mulher tem algum episódio de assédio para contar, que tenha vivenciado ou ouvido de alguma amiga. Como mulher, já vivi alguns, mas hoje eu preciso falar de um específico.

É muito provável que você me conheça por causa dele.

Parei de falar para beber um pouco de água.

— Olha, você está indo bem, amiga. Achei que fosse gaguejar mais.

— Também achei. — Dei de ombros. — Isso só prova que as aulas de teatro que meus pais pagaram serviram para alguma coisa. — Karen concordou e eu continuei. — Meu melhor amigo é lutador de MMA. Ele é campeão da Morgan's Fight League. Por causa desse nosso relacionamento e minha paixão pelo esporte, eu costumava acompanhá-lo nas lutas e nas festas. Em uma das confraternizações, encontrei esse atleta específico, que vou chamar de O Abusador.

— Boa. Falar em códigos é uma boa ideia, amiga. Como vai chamar o Hook?

— O Salvador da Pátria. — Karen explodiu em uma gargalhada e eu esperei que se controlasse para continuar. Pode ser um nome engraçado, mas não poderia deixar isso me tomar. Não queria que o vídeo soasse como uma brincadeira, porque o assunto era sério. Foquei minha atenção na câmera e no discurso que precisava fazer. — Ele estava sendo um babaca, como sempre. Invadiu meu espaço pessoal e usou da força maior do que a minha para me levar para um lugar escuro da festa. Eu estava desesperada, porque ninguém dava a mínima ideia para o que acontecia. As pessoas passavam ao meu lado, mas não faziam nada. Nem sequer me olhavam. Elas achavam normal que uma mulher estivesse ao lado do Abusador, porque ele era o tipo de homem que estava sempre em companhia feminina. Na minha mente, eu já tinha perdido. Seria abusada, violada e não apareceria nenhum príncipe num cavalo branco para me salvar. E esse foi o meu primeiro erro, meninas. Esperar que um homem, ou qualquer pessoa, viria me salvar. Hoje nós precisamos salvar a nós mesmas. Aprender defesa pessoal, andar prevenidas... Fazer o que pudermos para não nos colocar em situações como essa, porque nem sempre alguém virá em nosso socorro. Só que aquele era o meu dia de sorte.

Deixei um sorriso tomar conta do meu rosto ao lembrar da cena. Eu estava mesmo desesperada, achando que o pior aconteceria. Aí ele apareceu e mudou tudo. A saudade veio com força, devastadora. Tentei não demonstrar para Karen e meu primo o quanto tudo aquilo estava me afetando nesses últimos dias, mas foi horrível saber que Toni iria para a cadeia e que eu era uma das poucas que poderia efetivamente ajudá-lo. Karen tinha me dito que a defesa tinha questionado por que eu não fiquei ao lado dele e isso pesou na decisão deles de não permitir que Toni voltasse aos Estados Unidos. Eu tinha que mudar isso, por isso estava gravando esse vídeo, o primeiro e último do meu canal no YouTube.

— Pam, tudo bem?

A voz de Karen me trouxe de volta à realidade. Eu ainda estava com aquele sorriso bobo no rosto, pensando em Toni. Olhei novamente para a câmera e continuei meu discurso.

— Por um milagre de Deus, meu Salvador da Pátria apareceu. Ele e o Abusador não se davam muito bem, mas ele me disse que viu no meu olhar que algo estava errado e veio em meu socorro. Afastou-me do Abusador e ficou comigo até que eu encontrasse meu melhor amigo na festa e pudesse ir embora. Não existem palavras para expressar o quão grata eu sou por ele ter feito o que fez. Foi assim que nós nos conhecemos. Ficamos amigos. Depois de um tempo, começamos a namorar. E chegamos à festa de Ano-Novo, onde ele perdeu a cabeça depois de ver aquela cena se repetir. O Abusador que, como todo babaca, não sabe ouvir um não, veio até mim. Sem se importar que eu tinha namorado e que tinha repetido diversas vezes para ele se afastar, usou da sua força para me tocar de modo abusivo. Quando o Salvador da Pátria veio me defender, o Abusador provocou, incitou e fez o que podia para tirar o controle dele.

— Argh, eu odeio esse cara — Karen disse, quando fiz outra pausa para beber água.

— Eu também, amiga. Eu também... — Coloquei a garrafa d'água no lugar e continuei falando. — E eu entendo que o Salvador da Pátria tenha feito algo errado e precise prestar contas sobre isso, mas ele não merece ser preso. E, por mais que eu não possa ir à polícia denunciar O Abusador, fica aqui o meu desabafo. Esse cara é um babaca. E você, mulher, deveria ficar longe dele. E longe de todos os babacas do mundo que, como O Abusador, não sabem ouvir o "não" de uma mulher. Hoje, eu fiz aulas de defesa pessoal e sei onde acertar um cara para ganhar tempo suficiente e correr a fim de pedir ajuda. Mas naquela época eu não sabia. E se não fosse pelo Salvador da Pátria, tudo teria sido diferente. Hoje eu não estaria contando isso para vocês, minha vida teria sido diferente, por esse é o tipo de situação que deixa marcas. — Faço outra pausa, preparando-me para a minha frase final. — Não deixe que um idiota roube você de si mesma. Obrigada por ter visto até o final e por ter ouvido a minha história. Compartilhe esse vídeo com todas as suas amigas, para que elas também fiquem atentas a esse tipo de cara que vem atrás da gente. — Parei novamente, porque queria dizer outra coisa agora. — Eles não têm cara, cor ou história aparentes. O Abusador pode ser qualquer um, e nós precisamos estar prontas para fugir de situações como essa.

— Acabou? Eu amei, Pam!

Deixei um pequeno sorriso escapar enquanto balançava a cabeça negativamente. Não, não tinha acabado.

— Toni, espero que esse vídeo ajude no seu caso de alguma forma — continuei olhando fixamente para a câmera. Imaginava Toni à minha frente e dizia diretamente para ele. — Sinto muito pelo que lhe disse no telefone. Peço desculpas por ter deixado você quando mais precisou, mas tive que fazer isso. Espero que, um dia, a gente possa se encontrar de novo. É que hoje eu não estou pronta para conviver com as brigas e a incerteza de estar com você. Fica bem.

Karen aplaudiu. Fiquei pensando nesse último trecho, que vou editar para que não vá para a internet, apenas para o vídeo que Karen vai entregar a Declan. Eu o refiz três vezes, tentando transmitir um pouco mais do meu coração para ele, sem transparecer qualquer fio de que vamos voltar a ficar juntos. Não seria justo dar esperanças a ele. Durante todo o tempo, Karen apenas me assistiu. Quando me dei por satisfeita, ela voltou a aplaudir e assobiou.

— Amiga, obrigada. Obrigada de verdade. Por mudar de opinião e ajudar o Hook.

— Você acha que isso vai ser suficiente?

Ela deu de ombros.

— Não sei, mas espero que sim.

Depois do vídeo gravado, veio a dúvida. Como eu colocaria isso no ar sem uma internet decente? É claro, o computador eu tinha. Karen trouxe o meu na viagem e estávamos sentadas na minha cama enquanto ela editava o vídeo para mim agora. Quer dizer, ela estava sentada e eu deitada de lado, abraçada a um travesseiro. Minha barriga ainda não estava grande o suficiente para dificultar algumas atividades, afinal, eu estava com três meses apenas, mas era bom delegar tarefas. Ainda mais considerando que Karen sempre foi melhor em coisas de computador do que eu.

— Pronto. Tirei toda a conversa que a gente teve no meio e botei uma musiquinha de fundo. Quer assistir?

Respondi que sim e ela deu play. Não ficou ruim, mas fiquei com medo de as pessoas acharem que eu estava atuando. Tudo bem, minhas aulas de interpretação ajudaram nas pausas e na forma de construir a narrativa que queria passar, mas a verdade é que eu estava nervosa. Tremendo. Como eu tinha dito, Toni era o Salvador da Pátria. Aquele que me salvou da primeira vez, quando eu era uma mulher indefesa, mas dessa vez ele não precisava ter feito o que fez. Eu já tinha me defendido e teria tempo suficiente para correr e pedir ajuda.

Ele não precisava ter batido em Animal até quase matá-lo.

Ele não precisava ter feito algo que pode levá-lo para a cadeia.

Pode, no presente, porque ele ainda está tentando se livrar das acusações.

Ele não precisava ter feito algo que me fez decidir ir embora, deixá-lo de vez, afastá-lo dos nossos filhos por tempo indeterminado.

E eu precisava parar de colocar a culpa nele em tudo. Sim, o que Toni fez foi errado, mas ele só queria me defender. Ele sempre foi assim, desde que nos conhecemos. Foi o instinto protetor dele que me protegeu do Animal na primeira vez. Por mais errado que ele estivesse, não é como se eu não soubesse que a personalidade dele era assim.

Queria poder voltar no tempo e mudar as coisas. Obrigar Jonah ou Declan a tirar Toni daquela briga antes mesmo que começasse. Correr para chamar os seguranças assim que percebi que o clima estava esquentando demais. Fazer Toni procurar ajuda para controlar a própria raiva em vez de apenas achar que ele era "assim mesmo".

Percebi as lágrimas escorrendo pelo meu rosto e molhando o lençol da cama. Meu Deus! Meus hormônios estavam acabando comigo! Eu estava toda confusa, mudando de ideia a cada cinco segundos.

— Pam? Você está chorando? — Karen perguntou, colocando o computador de lado.

— Ai, Karen... Eu odeio me sentir assim. Odeio o que fiz, mas, ao mesmo tempo, não consigo me ver tomando uma atitude diferente. Não consigo me ver ficando com Toni no Rio, sabendo do estado em que ele estava. Mas pensar que poderia ter feito diferente, tomado atitudes diferentes... Amiga, é tudo tão complicado.

— Não tem certo e errado nesse caso. Se você pensar em todos os "e ses", não vai conseguir fazer mais nada. O importante é olhar daqui para frente. O que você pode fazer para ajudar Toni a sair dessa situação?

— Eu queria ir até ele e depor, mas não consigo. Se Toni olhar para mim agora, vai ver que estou grávida. Na câmera nós conseguimos esconder, porque cortamos, mas pessoalmente é impossível. E por mais que me doa a ideia de deixá-lo longe dos filhos, preciso fazer isso. Não posso expor as crianças sem saber que Toni pode cuidar deles. Não quero virar uma daquelas histórias que vemos nos jornais de relacionamentos que acabaram tragicamente.

— Quanto a isso eu estou do seu lado. Você tem todo direito de se afastar se sentir que não está em segurança. E Toni precisava de um choque desses para repensar a própria vida. A única coisa ruim foi o *timing*, porque ele realmente precisava de você.

O telefone da casa tocou e Karen apertou minha mão antes de se levantar. João tinha colocado uma extensão no meu quarto, para que eu não precisasse me locomover para tão longe caso ele tocasse. Como os celulares não funcionavam por aqui, esse era o meio de comunicação que nós mais utilizávamos.

Minha melhor amiga me estendeu o telefone e eu dei uma olhada no visor rapidamente. Não era João.

— Alô!

— Pâmela? É Gustavo. Atrapalho?

— Oi, Gustavo, claro que não. — Vi os olhos de Karen se arregalarem com a menção do nome, mas rapidamente ela se virou para a varanda do meu quarto. — Pode dizer.

— Analisando seus exames, percebi deficiência de ferro e um quadro inicial de anemia. Você está tomando as vitaminas que eu passei?

— E-estou — respondi, ficando nervosa imediatamente. Estava, não estava?

— Karen está com você? Pode pedir a ela para checar suas vitaminas?

Ela fez isso para mim. Passei o telefone de volta para Karen, que conversou por uns quinze minutos com ele. Depois, ela desligou e veio até mim.

— Acho que suas vitaminas para anemia não estão aqui, devem ter se perdido em algum lugar e você não está tomando por isso. Gustavo disse que vai passar aqui para trazer mais no fim do plantão, mas vamos começar uma dieta nova para prevenir, tá?

DÉCIMO PRIMEIRO

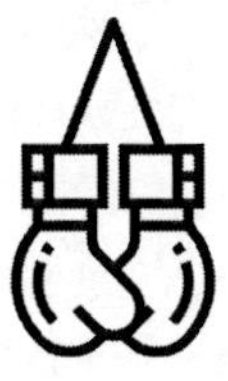

TONI

Transtorno Explosivo Intermitente.

Segundo a Wikipédia, descreve a situação em que uma pessoa, nos momentos de raiva, não consegue conter seu comportamento e acaba perdendo o controle: xinga, berra, ameaça, destrói objetos, ataca fisicamente as pessoas. Segundo o psicólogo, era isso também. No meu caso, tudo se agravava por eu ser um lutador profissional. Em sua opinião, eu até poderia voltar a lutar. Depois de longas sessões e muita terapia, eu poderia ser capaz de me controlar para lutar. Ele disse que eu sempre fiz isso e que conseguia diferenciar quando eu estava lutando no octógono. O grande problema era quando eu passava por isso na vida cotidiana. Como quando Pâmela foi gravar o videoclipe ou quando ela me deixou. Ou em outras vezes. De qualquer jeito, eu não teria que me preocupar com isso.

Meus advogados conseguiram uma nova audiência para mim assim que recebemos o diagnóstico. Eles começaram a trabalhar com um escritório carioca acostumado a defender pessoas famosas no tribunal e que já tiveram que defender um lutador de judô. Daniel e sua esposa Giovanna são extremamente profissionais e acrescentaram muito no meu caso. Algo que seria resolvido em uns quatro meses, foi resolvido em dois.

Caio estava prestes a sair do hospital e não participava das audiências por causa disso, mas seus advogados estavam afiadíssimos. Felizmente, os meus eram muito bem preparados. Conduziram a audiência como grandes mestres do direito. Apresentamos o laudo médico que falava sobre o transtorno que eu enfrento. Meus advogados pediram permissão para que eu pudesse começar meu tratamento em uma clínica de Las Vegas, e o juiz solicitou o prazo de uma semana para avaliar meu caso. No fim, recebi permissão e fui sentenciado a pagar pelos gastos com a saúde do Animal (hospital, remédios e outros gastos), enquanto completava o tratamento, que deveria incluir um treinamento para controle de raiva. Uma grande vitória para seu time.

Desde que isso foi noticiado na imprensa, os fãs da MFL estão meio que enlouquecidos. Eles parecem estar ao meu lado, apesar de a Liga não ter dado sinais de que me aceitará de volta.

Desde que Shane sugeriu a hipótese de eu sofrer do transtorno, voltei a ver a luz no final do túnel e, por isso, estava ainda mais difícil ficar longe de Pâmela. Eu sonhava com ela praticamente todas as noites. Todos eles começavam iguais, mas em cada um a história se desenvolvia de um jeito. Ela sempre estava sentada na janela, olhando para um campo de grama bem verde. Um barrigão de grávida. Em alguns, eu me aproximava; em outros, um cara sem rosto aparecia. Eu ainda não tinha decidido qual dos dois rumos da história me deixava mais irritado: o que eu a tinha em meus braços, mas acordava sem ela; ou o que ela encontrou outro cara.

Eu tinha prometido que esperaria até reajustar minha vida antes de ir atrás dela, mas não aguentava mais esperar. Nunca fui bom nisso. Eu ainda era o cara que a deixou escapar há três meses: descobri um transtorno e estava a caminho de uma clínica para aprender a controlá-lo. Estava fazendo uma vida nova para mim e planejando um futuro para nós dois. Ela poderia fazer o que quisesse de sua própria vida, mas eu queria estar inserido nos seus planos. Eu queria filhos e envelhecer ao lado dela. Só faltava completar o tratamento, encontrá-la e fazê-la entender que tudo o que eu digo e faço nessa vida é por ela. Porque ela é minha, só minha.

— Hook, antes que eu entre no seu quarto, posso fazer algumas perguntas? — Ele começou logo que saímos do elevador. Assenti e ele continuou. — Preciso marcar sua passagem aérea. A determinação da justiça é que você pode deixar o país a qualquer momento a partir de amanhã, mas precisa começar o tratamento uma semana após ter chegado em Las Vegas. A clínica que você gostou me respondeu dizendo que está pronta para recebê-lo em duas semanas, então, teoricamente, você só poderia deixar o país na próxima semana.

— Tudo bem. Eu posso ficar mais uma semana aqui. Ajuste minha viagem para daqui a sete dias. Gostaria que você voltasse antes, se possível. Tenho uma lista de coisas que você pode adiantar para mim nesse período.

Ele assentiu, o iPad na mão, pronto para anotar, mesmo que estivéssemos andando no corredor. Ele era eficiente, mas queria facilitar sua vida. Abri a porta do quarto e puxei uma cadeira para ele se sentar. Assim que o fez, entendendo o que eu queria, joguei-me na cama, começando a listar tudo o que precisava:

- Resolver toda a questão da clínica;
- Empacotar minhas coisas e de Pâmela. Mandar para um depósito;
- Fazer um relatório com Declan dos lugares que ele visitou;
- Preparar minha viagem;
- Cobrar uma posição da MFL sobre o meu caso, agora que minha situação tinha mudado.

Quando ele saiu do quarto, minha mente passou a girar. Eu estava quase dormindo quando ouvi meu celular tocar. Incomodou a tal ponto que eu estiquei o braço para ele e atendi, um pouco grogue, sem nem mesmo olhar.

— Acho que tenho algo para você. — Era a voz de Hugh Trenton, o detetive particular que eu contratei. — Não é muito, mas é uma pista.

Nunca o vi pessoalmente, mas todas as minhas esperanças estavam nesse cara. Pela foto que vi, não era o Sherlock Holmes que todo mundo espera. Na casa dos cinquenta anos, o homem negro parecia um empresário e tinha um rosto confiável. Mesmo tendo entrado em contato há algum tempo, tinha prometido a mim mesmo que só apareceria na porta de Pâmela quando estivesse pronto: boate pronta, centro de treinamento pronto, vida pronta. Seria bom que a ligação dele não se referisse a muita coisa, porque era muito provável que eu saísse correndo daqui diretamente para o endereço que ele tinha para mim.

Na primeira vez que nos falamos, eu contei por telefone tudo o que tinha acontecido. Em seguida, ele fez várias perguntas. Pediu vários dados sobre Pâmela, uma foto dela e outras coisas. Eu dei tudo o que estava ao meu alcance. Ele me deu um prazo de três semanas para ter um primeiro dossiê. A partir dali, nós teríamos uma reunião e ele me daria um novo prazo.

Eu não estava exatamente com pressa. Não queria nenhuma abertura para que duvidasse do meu comprometimento e amor por ela; minha preocupação maior era me recuperar antes de bater na porta dela.

Eu nunca mais faria Pâmela sentir medo de mim.

— O que você tem, Trenton?

— Ela tem família na Bahia? Porque encontrei pedidos de exames para uma mulher com o nome dela em uma maternidade lá.

MEL

Meu vídeo foi ao ar no YouTube. Viralizou de uma forma incrível, mas não sei até que ponto foi útil para o caso do Toni. Foi publicado em um dia que ele foi ao tribunal, pelo que Karen falou. Não quis saber o que ele tinha ido fazer lá, nem se tinha sido absolvido. Não poderia pensar nisso com todas as coisas que estavam acontecendo na minha gestação.

Karen precisou voltar para casa uma semana depois. As visitas de Gustavo diminuíram consideravelmente, mas ele pergunta por ela com frequência. E isso não quer dizer que não tenha cuidados comigo, porque nas últimas semanas intensificou a quantidade de exames e ligações. Por isso não me espantava mais ao receber ligações dele.

— Eu preciso conversar com você sobre algo que apareceu nos seus últimos exames.

De novo. Ok. Respira, Pâmela, vai ficar tudo bem.

— O que houve? — Reposicionei-me na cama, sentando-me. — Está tudo bem com os bebês?

— Eu reparei em uma alteração na sua curva glicêmica no último exame que fiz e estou com receio de ser um sinal de diabetes gestacional. — Prendi a respiração, sem entender completamente o que isso significava. Ele percebeu. — Não precisa se preocupar. Ainda está cedo para definir isso, só deveria ter um resultado disso na 24ª semana, mas não custa nada já ficar de olho. Se o quadro se confirmar, vamos apenas tomar algumas medidas para que tudo corra bem até o final da gravidez. O que realmente me preocupa é que eu não gostaria de esperar por muito tempo para fazer outros exames com você, mas só vou conseguir visitá-la no meio da próxima semana... Sei que não pode ir a um hospital, mas farei o que for possível para que ninguém saiba que você esteve aqui. Acha que consegue?

Não havia dúvida nenhuma. Balbuciei uma resposta a ele e peguei o nome do hospital para onde deveria ir. Deixei uma mensagem para João e fui até a casa de dona Fátima. Contei a ela o que estava acontecendo e, na mesma hora, deixou a bacia de batatas que estava cortando em cima do balcão, secou as mãos e retirou o avental. Disse às mulheres que estavam na cozinha com ela:

— Terminem as coisas por mim, eu já volto.

Largando tudo, me acompanhou ao hospital. No caminho, mesmo que eu estivesse nervosa, podia sentir o conforto dela.

Vai ficar tudo bem, foi o que ela me disse.

Vai ficar tudo bem, foi o que eu repeti para mim mesma.

DÉCIMO SEGUNDO

MEL

Gustavo é um pouco dramático. Gostaria que não fosse assim, mas não sei outra forma de definir.

Precisei fazer três exames. Um ultrassom, um exame para monitorar os batimentos do bebê e um de sangue, para verificar a taxa de hemoglobina glicada. Passei a tarde inteira no hospital resolvendo isso. Quando levantei para ir embora, a cabeça girou, o quarto girou, o mundo girou. A visão ficou turva. Gustavo mandou que eu deitasse de volta na mesma hora e Fátima também. Os planos de ir para casa foram deixados de lado, porque meu médico pediu que eu ficasse no hospital naquela noite para que monitorassem minha pressão arterial.

Anemia. Glicose. Pressão arterial. Vamos falar sobre uma gestação difícil?

João disse, em uma das ligações que fez para Fátima durante o dia, que estava vindo para o hospital a fim de me ver, mas eu não permiti. Não era nada urgente, apenas uma situação que estava sendo monitorada. Ele tinha trabalhado o dia inteiro, agora ainda precisaria dirigir por duas horas e meia para chegar a Salvador.

Meu primo ligou de novo, pela sexta vez. E eu já não sabia mais o que fazer para que relaxasse.

— Eu vou passar a noite na casa da Michelle, lembrei que já tinha combinado de me encontrar com ela para resolvermos algumas coisas. O pessoal aqui da fazenda vai cuidar de tudo pela manhã.

Michelle é a nova namorada de João. Disse que já tinha combinado isso com ela, mas sei que é mentira, já que tínhamos combinado de jantar juntos naquela noite. Sei pouco sobre ela, mas desde que conheceu a moça, meu primo estava com um brilho diferente nos olhos. Mais feliz, meio bobo apaixonado. Ela fazia bem para ele. E eu diria a ela que ele a estava usando como desculpa quando nos víssemos finalmente. Ele ainda não tinha me apresentado a ela, mas eu já tinha dado um ultimato para que isso acontecesse em breve. Ela não morava na mesma cidade que nós, mas em Santo Honório, cidade vizinha da capital baiana.

Quando eu já estava instalada em um quarto da enfermaria, meu primo chegou para me ver e rendeu dona Fátima. Já era hora de ela relaxar um pouco e eu estava muito grata por ter passado o dia inteiro ali comigo.

— Já contei aos seus amigos, eles estão em um avião para cá nesse momento.

— João? Por que você fez isso?

— Porque você está internada em um hospital, Pâmela. Eles disseram para ligar se algo acontecesse e eu liguei.

Demorei a explicar que eu estava bem, o bebê estava bem. Ter diabetes gestacional não era o fim do mundo. Eu nem tinha certeza, na verdade, se tinha a doença. Os exames ainda não tinham saído. Também não significava que eu ou o bebê teríamos diabetes quando ele nascesse, o que era algo que me preocupou, mas Gustavo esclareceu: era uma condição temporária. Eu só precisaria ter mais cuidado daqui para frente, se tudo fosse confirmado.

— Não é tão simples assim, Pam, ou Gusta teria liberado você.

— Mas não é uma doença terminal; fique tranquilo que tudo vai se resolver, ok?

Consegui convencer João de que tudo ficaria bem, o que o fez sentar-se na cadeira ao lado da cama. Encarei-o cuidadosamente e percebi um vinco de preocupação entre suas sobrancelhas.

— Fiquei com medo e fiz algo que vai fazer você me odiar.

Dei a ele meu melhor olhar mortal.

— O que você fez?

— Liguei para a sua mãe. Disse que você estava grávida e que era uma possibilidade que alguma coisa estivesse acontecendo com os bebês. Que avisaria caso ela quisesse vir.

— Ah, João, que droga! — gemi. Minha mãe era meu pesadelo. —

Quando essas coisas acontecerem, você precisa ficar longe do telefone. Acha meu celular. Eu preciso falar com ela.

Estava dentro da minha bolsa, eu tinha lembrado de colocar lá quando vim para o hospital. Procurei o número da minha mãe e disquei. Enquanto chamava, arrependi-me. Agora ela teria meu número de telefone. Levou um toque e meio para que atendesse.

— Alô! Quem fala?

— Mãe, sou eu. Pâmela...

Ouvi quando, irritada, ela bufou.

— Seu primo me ligou.

— Sim, eu estou aqui com ele... João disse que falou com a senhora...

— Ah, ele falou, sim, Pâmela. E eu estou profundamente decepcionada com você. Imagina o que é para uma mãe saber que vai ser avó quando a filha está prestes a perder o bebê? É essa a consideração que você tem pela mulher que te colocou no mundo? Te alimentou, te educou...

— Mãe, eu sei. Eu sei que deveria ter contado.

— Qual é a sua dificuldade em fazer a coisa certa, Pâmela? Você some por meses e agora seu primo me diz que vai ter bebês? Por que você fez isso com a gente? Seu pai e eu tínhamos o direito de acompanhar o crescimento dessa criança!

— Mãe, calma! Eu tive meus motivos para fazer isso. Precisava ficar longe de tudo o que está acontecendo com Toni, pelo bem das crianças, e para isso era importante que o menor número de pessoas soubesse do meu paradeiro.

— Eu duvido que aqueles seus amiguinhos lutadores não saibam de tudo desde o primeiro dia! Mas nem é isso que está me deixando mais furiosa, Pâmela! Eu não consigo acreditar que você engravidou do Toni. Do Toni, Pâmela! Eu te criei melhor do que ser mãe dos bebês daquele cara!

E começou. Minha mãe não podia conversar comigo por um único minuto sem falar mal dele. O homem da minha vida é seu pesadelo como genro, por mais que nunca tenha feito nada contra ela. Minha mãe é uma boa pessoa, apesar dos pesares, mas o fato de Toni ter como profissão bater nas pessoas a irrita profundamente. Ela acaba perdendo a linha e o ofendendo da pior maneira possível. Eu simplesmente não suporto isso, não direcionado a ele. Esse é um dos motivos pelos quais não disse a eles que estava grávida, nem fui atrás dos dois para me esconder. Eles nunca teriam ficado de boa se soubessem. Talvez meu pai não se importasse e entendesse, mas mamãe certamente surtaria.

— Mãe... — tentei justificar, mas novamente fui cortada.

O telefone de João tocou no quarto e ele me mostrou o visor: "Karen amiga Pam", era o que dizia.

— Mãe nada, Pâmela!

Esfreguei a testa, o nervosismo tomando conta de mim. O aparelho que media meus batimentos cardíacos estava enlouquecido, o que só o incentivou a atender o telefone. Do outro lado da linha, minha mãe continuava falando, mas eu estava mais atenta ao que ele falava com Karen.

— Ela está no telefone com a mãe agora. É urg... — Ele não continuou, porque Karen disse algo do outro lado da linha que o fez xingar um palavrão. — Vou passar para ela.

— Eu quero você num voo para cá agora! Volte para casa no próximo...

João puxou o telefone da minha orelha antes que ela completasse. Sem som, ele mexeu a boca para formar a palavra "atende". Eu fiz o que ele falou, enquanto saía do quarto com meu telefone.

— Oi, Karen. Fala.

— Pam, nosso jato pousou para reabastecer, mas estamos quase chegando. Meu telefone está explodindo de ligações do Toni. Ele sabe.

O meu cérebro explodiu.

Como? Como ele poderia saber?

Ouvi novamente o aparelho cardíaco disparar. O que eu faria?

— Ele disse que está indo para Salvador atrás de você e me deu um ultimato para ajudá-lo a entrar no hospital. Eu não sei o que fazer. Posso deixá-lo falar com você? — Karen continuou.

— Po-pode — balbuciei.

— Okay. Eu vou desligar porque tenho que falar com ele e voltar para o voo.

Nós desligamos. O que ela disse me atingiu em cheio. Toni sabia. Ele sabia onde eu estava e estava vindo para cá. O telefone voltou a tocar, um número que eu sabia de cor. Respirei fundo e apertei o botão de aceitar a chamada. Uma voz que despertava cada célula do meu corpo ressoou nos ouvidos.

— Mel...

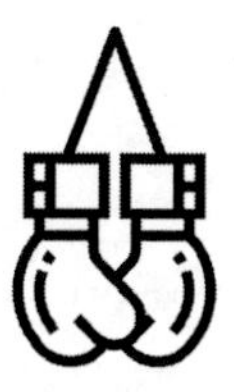

TONI

— É, senhor Salles, parece que as nossas suspeitas se confirmaram. Mais uma vez, exames foram feitos naquela maternidade e houve internação de uma paciente com o nome de Pâmela Paiva. O senhor gostaria que eu fosse até lá para checar?

Meu cérebro parou por alguns minutos. Eu estava fazendo as malas para deixar o país hoje. Hoje! Em algumas horas, eu não estaria mais no Brasil. Em um dia estaria em Las Vegas. Em uma semana, dentro de uma clínica de reabilitação.

Se eu quisesse encontrar a mulher da minha vida, a hora era agora.

Hugh Trenton estava bem longe. Pensei em toda a dor de cabeça que ele teria para vir ao Brasil, todas as horas de voo. Do Rio para a Bahia, seriam apenas algumas horinhas. Eu ainda tinha chances reais de encontrá-la na maternidade, já que ela ficou internada.

Ela estava internada. Por quê? Em uma maternidade? Será que estava...

Não. Não gosto nem de pensar.

Será que foi por isso que Pâmela fugiu?

— Senhor Salles? — Ele me trouxe de volta para o mundo dos vivos.

— Não, Trenton. Demoraria demais para chegar aqui. Passe tudo por e-mail, eu vou agora para Salvador.

— O senhor não estava embarcando para Las Vegas hoje?

— Deveria — respondi, sem dúvidas da decisão que tomei. — Mas Pâmela é prioridade.

Quando desligamos, sob a promessa de que ele me enviaria os dados por e-mail, recebi outra ligação. O visor mostrava o nome de Shane, como se ele soubesse que precisava falar com ele.

— Você não vai acreditar. — Não esperei que ele respondesse. — Eu achei a Pâmela. Preciso da sua ajuda para ir para Salvador.

— Sério, chefe?

Sim, eu gritava interiormente. *Finalmente é sério, porra!*

— É sério. Eu preciso de você aqui com a papelada dos advogados para saber se eu posso ir até lá.

— Pode, chefe. O problema que você tem é em deixar o Brasil, mas não dizem nada sobre viajar dentro do território nacional.

— Confirma isso para mim antes. Lê de novo esses papéis e vem aqui me mostrar.

— Okay, okay. Deixa eu pegar o documento. — Ouvi um barulho de folhas sendo reviradas, mas ele não desligou. — Ok, chefe, achei o papel que você quer, mas está em português.

— Merda. Corre aqui com a papelada inteira. Vou te matricular em aulas de português.

— Ok, chefe, já vou. — Desligou o telefone.

Eu estava impaciente, então fui até a porta e a abri, esperando por ele. Ele virava o corredor na mesma hora. Peguei o papel e comecei a ler enquanto entrávamos no quarto.

"FICA O RÉU PROIBIDO DE VIAJAR PARA QUALQUER DESTINO FORA DO PAÍS DURANTE O PERÍODO EM QUE ESTÁ SENDO JULGADO."

— Ok, esse é da época em que eu ainda estava sendo julgado. Não diz nada sobre viajar pelo Brasil, apenas para fora. Acha a papelada recente.

Ele me esticou em dois segundos. Comecei a ler até chegar na parte que queria. Falava o que eu me lembrava: estava liberado para ir a Las Vegas fazer o tratamento, mas deveria iniciá-lo uma semana depois de chegar ao país. Não falava nada sobre viagens dentro do Brasil. Joguei os papéis na cama e voltei para o celular.

— Me faz um favor. Cancela a minha passagem para Las Vegas e arruma outra para Salvador imediatamente. Você vai para os Estados Unidos resolver tudo para mim.

— Ok, chefe.

Abri o WhatsApp e procurei o nome de Declan. Pensei em mandar uma mensagem, mas achei melhor ligar de cara.

— Ela está aqui no Brasil. Salvador — disse assim que ouvi o "alô".

— Está me zoando, cara?! Quer dizer que a história dos exames na maternidade é séria? — questionou.

— Parece que sim.

— Você vai para lá? Quando? Eu vou também.

— Shane está trocando a minha passagem.

— Vou comprar a minha também! Quando você chega lá?

— Não sei ainda, mas ele está vendo o próximo voo.

— Vamos desligar, irmão. Você precisa correr. Eu ligo quando tiver notícias do meu voo.

Dez minutos foram necessários para que tivesse tudo preparado. O voo sairia em três horas. Expulsei ele do quarto para que fosse resolver suas coisas enquanto eu fechava as minhas malas, avisei meu amigo dos meus horários e parti. No carro, com meu assessor ao meu lado e meu amigo a caminho do aeroporto, a minha ficha caiu.

Como eu encontraria Pâmela? Ela estava mesmo em uma maternidade?

— Shane, consegue descobrir algo para mim sobre a maternidade em que Pâmela está? — perguntei, num fio de esperança.

— Enquanto fazia minhas malas, eu liguei para o hospital. O inglês da pessoa que me atendeu é bem ruim e meu português é pior ainda, assim, não consegui muitas informações. Disseram que não podem confirmar nada sobre pacientes que deram entrada, a menos que a pessoa seja da família, o que eu não sou.

Fui todo o caminho até o Santos Dumont pensando no que faria. Não saberia nem por onde começar a perguntar. Resolvi que era hora de apelar.

Karen.

Enquanto a chamada discava, tentei falar com a médica melhor amiga da minha mulher. Não tinha certeza se era ela a melhor alternativa ou se deveria ter ligado para Júlia, mas alguma coisa me dizia para discar o número dela.

Perdi a conta de quantas chamadas foram direto para a caixa postal. Tentei repetidas vezes, até a hora de embarcar.

As três horas de voo foram intermináveis. Nunca um período de tempo demorou tanto para passar. Eu coloquei música para ouvir, uma vã tentativa de relaxar com o álbum *To Pimp a Butterfly*, do Kendrick Lamar , mas não funcionou. Eu só conseguia pensar no fato de que havia uma Pâmela Paiva internada em uma maternidade, em Salvador.

Seria a minha Pâmela?

Pâmela estava grávida?

Grávida de mim?

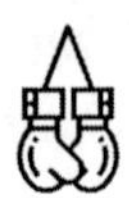

Shane é o melhor assistente/secretário/assessor/faz-tudo que eu poderia pedir. No momento em que desembarquei, um carro esperava por mim. O motorista segurava uma placa com o meu nome e a mensagem de texto dizia que assim eu chegaria o mais rápido possível ao hospital. Imediatamente voltei a ligar para Karen. Na oitava tentativa, ela atendeu.

— Hook, espero que seja urgente. Não posso demorar.

— Não pretendo. Tenho pressa. Sei onde Mel está. Sei qual é o hospital. Estou indo para Salvador agora e vou encontrá-la, nem que tenha que bater de porta em porta. Ela está em uma maternidade e eu mal consigo pensar no que isso realmente significa. Então, faz um favor e me ajuda. Você sabe que eu estou voltando a Las Vegas para começar um tratamento e que, em menos de três meses, serei tudo o que a sua melhor amiga merece. Prometo que a missão da minha vida será fazer aquela mulher o mais feliz possível. Me ajuda, porque eu não aguento mais esperar por esse momento. Como eu falo com a Pâmela? Onde eu a encontro no hospital? Diz o que eu preciso fazer.

— Hook...

— Não! Sem esse tom de reticências. Se você não me ajudar, eu vou dar o meu jeito, mas não vou perder a chance de falar com a mulher da minha vida.

Pude ouvir sua respiração nervosa do outro lado. Em seguida, um gemido de contrariedade. Pouco me importava se ela não gostava da situação, teria que tomar uma decisão. A minha eu já tinha tomado.

— Eu preciso falar com ela antes. Deixe-me fazer uma ligação e falo com você.

— Se não me ligar em cinco minutos, eu ligarei.

O tempo passou rápido. Perguntei ao motorista quanto tempo faltava e ele me disse que pelo menos mais uns vinte minutos. Fiquei olhando para a tela do celular, o dedo em cima da região onde deveria clicar para atender. Assim que Karen retornou a chamada, coloquei o telefone no ouvido.

— Consegue decorar um número? Ela está esperando a sua ligação.

— É o telefone dela?

— Não, é do João, mas ela vai atender.

João?

Problema, isso eu resolveria depois. Passou-me um número que eu decorei, então desliguei o telefone com seus votos de "boa sorte".

— Mel...

— Toni? — foi a resposta dela, segundos depois.

O som da voz de Pâmela encheu meu coração. Era como voltar para casa, era o mais completo que eu me sentia há tempos. Ela não é a minha metade, pois somos dois inteiros, mas ouvir sua voz novamente preencheu todas as partes de mim que se sentiam incompletas, sem felicidade, sem amor. Ouvi-la novamente devolvia toda a felicidade que estava faltando em mim.

— Mel. — Eu me remexi no banco de couro do carro, incomodado com o fato de o motorista estar ouvindo minha ligação. — A gente tem tanta coisa para conversar. — Ouvi a respiração nervosa dela e continuei, fazendo a pergunta que mais importava no momento. — Como você está?

— Bem. Está tudo bem.

— Não tem como você estar bem, Pâmela, você está num hospital! — Esforcei-me para não mostrar que estava alterado.

— Estou apenas em observação. Como você está?

Eu ri uma risada completamente sem humor. Não importava como eu estava. Tudo o que me importava é que ela estava bem.

— Por favor, Mel. Por favor. Deixa eu conversar com você. Olhar nos seus olhos enquanto a gente fala.

Ela levou um tempo para pensar e eu deixei, apenas ouvindo sua respiração do outro lado da linha. Pâmela estava reticente, insegura, eu podia perceber isso. Eu teria trabalho.

— Sim. Quando você chega em Salvador?

— Agora, já estou aqui. Estou em um carro saindo do aeroporto.

Ouvi sua respiração do outro lado da linha um tanto nervosa. Em seguida, ela disse as palavras que me tranquilizaram.

— Venha. Procure o doutor Gustavo na recepção. Vou pedir a ele para liberar sua entrada.

Respirei aliviado. O primeiro passo foi dado.

Quando finalmente desci no endereço, me senti perdido. A esperança era de que fosse como nesses filmes em que você abre as portas do hospital e encontra a família/amigos da pessoa, mas não foi bem assim. O local era enorme, várias alas, espaços, salas... E eu simplesmente não fazia ideia de por onde começar a procurar. Minha primeira tentativa foi a recepção, mas o que eu diria? Apenas "preciso falar com o doutor Gustavo" seria suficiente?

Eu já não estava mais preocupado com a possibilidade de me desencontrar de Pâmela no hospital, já que ela sabia que eu estava chegando, mas sim em como seria o nosso reencontro. O que ela diria? O que eu diria? Como seria a nossa vida daqui para frente? Em que pé estávamos, afinal?

Pedi informações a dois seguranças que vi pelo caminho sobre onde ficavam as pacientes internadas no hospital. Ele me perguntou se eu iria visitar algum recém-nascido e eu disse que não. Pelas minhas contas, Pâmela não poderia estar dando à luz. A barriga dela não existia no Ano-Novo. De lá para cá, passaram-se míseros três meses.

Cansado de rodar igual barata tonta, peguei o celular e procurei o número do tal João na agenda, para ver se ele tinha mais alguma informação sobre o assunto. Quando estava prestes a apertar o botão de chamar, olhei ao redor e vi um homem acenando para mim, sorrindo. Vestia um jaleco branco e eu fiquei perguntando de onde conhecia aquele médico. Conforme se aproximou, pude ler Dr. Gustavo bordado ali. Travei a tela do celular e guardei no bolso da calça enquanto caminhava diretamente na direção dele.

Estava ficando mais real. Depois de todo esse tempo sentindo falta dela, pensando em como seria quando a encontrasse, o que eu diria, como nós reagiríamos, todas essas coisas, eu simplesmente não sabia como agir. Teria que ser no improviso, porque, mesmo não admitindo para ninguém, eu estava nervoso. Muito nervoso.

— Você deve ser Toni, não? — Ele soava bem tranquilo, como se toda aquela situação não o atingisse. Sendo médico, meu drama de relacionamento provavelmente não o afetava mesmo.

Forcei-me a não parecer nervoso, com raiva, nada do tipo. Encontrar Pâmela dependia dele.

— Ela está bem? — Comecei por aí. Se ele sabia quem eu era e tinha o nome que Mel me passou, eu não iria enrolar. Isso era o mais importante no momento.

O médico até mesmo sorriu por alguns minutos. Acho que não fui tão bem-sucedido em esconder meu nervosismo.

— Está, pedi que ela ficasse em observação essa noite por uma queda na pressão. Os bebês também estão bem.

Meus olhos voaram para ele imediatamente. Bebês? Ela estava mesmo grávida?

Grávida de mim?

Soltei todo o ar dos pulmões.

— E será que eu posso vê-la? Porque acredito que ela disse que eu deveria procurar por você.

— Claro, Toni, vou levá-lo. Vamos aproveitar que João deu uma saída. Ela veio mesmo me pedir que vocês tivessem alguns minutos para conversar. Estava perdido no hospital?

— Honestamente? Sim. Ela não me disse muito, apenas que deveria procurar por você.

— Mulheres... Falam "a" e querem que você entenda o alfabeto inteiro. Sorte a sua ter me encontrado. Vamos. A enfermaria é por aqui.

Ele me apontou um corredor à direita e eu rezei para fazer a coisa certa.

Não estraga tudo, cara.

DÉCIMO TERCEIRO

MEL

Toni chegou.

De alguma forma, eu estive esperando por esse momento desde que o deixei no Rio de Janeiro. Sabia que ele procuraria por mim, que queria entender por que o deixei. Eu não assumia, mas esperava Toni aparecer na fazenda, na cidade, em qualquer lugar em que eu estava. Há muito tempo. Esperava que ele tivesse me seguido no aeroporto, que estivesse lá quando eu cheguei em Salvador. Que me encontrasse na rua. Eu sabia que boa parte desses encontros era muito difícil de acontecer, mas eu queria. Não era proibido querer. Eu amava esse homem, não dava para enganar o coração assim, dizer que eu tinha esquecido e superado. Agora que o momento de vê-lo outra vez chegou, eu simplesmente não sabia lidar, por diversos motivos.

Eu não estava pronta para dar outra chance a ele. Pronta para ser a Pâmela dele novamente, sua mulher, a senhora Salles. Pronta para ser mãe dos seus filhos. Eu não poderia aceitá-lo de volta até ter absoluta certeza de que ele estava pronto para ser pai, meu homem, meu Toni. Eu estava tentando levar tudo com tranquilidade, mas o medo era maior. Medo de me decepcionar, de ele ainda ser o mesmo cara que eu deixei para trás em janeiro. Quando Karen disse que ele estava vindo para cá, eu fiquei nervosa. Lá no fundo, também feliz, mas o nervosismo me venceu. Sabendo que ele já estava em Salvador... Eu mal teria tempo para me preparar. Agora era hora, finalmente tinha chegado o momento de revê-lo. Eu só torcia para que desse tudo certo, porque grande parte dos cenários passando na minha cabeça era catastrófica.

— Eu vou lá fora encontrar a Michelle. Ela está vindo para o hospital, ficar um pouco aqui e conhecer você. Depois nós vamos para a casa dela, está ficando tarde.

— Tudo bem, primo. Pode pedir ao Gustavo para dar uma passada aqui? Quero falar uma coisa com ele.

— Está sentindo alguma coisa? — questionou, franzindo as sobrancelhas.

— Não, são apenas dúvidas.

— Ok, se cuida. Qualquer coisa manda mensagem que eu venho correndo. Vou achar Gusta para você.

Assisti meu primo sair pela porta. Dois minutos depois, era o médico quem entrava.

— Encontrei seu primo no corredor e ele disse que você queria falar comigo.

Soltei o ar dos pulmões. Ouvi o clique da porta atrás dele e Gustavo caminhou até mim.

— Você acha que minha pressão arterial está tranquila o suficiente para ter fortes emoções agora?

Ele imediatamente franziu o rosto, parecendo preocupado.

— De que tipo de fortes emoções estamos falando?

— Do tipo que o homem da minha vida, de quem eu fugi, está chegando a este hospital e eu não sei se estou pronta para vê-lo.

— É simples, Pam. Eu proíbo a entrada dele.

— Mas eu preciso. Pronta ou não, preciso vê-lo. Temos que acertar as coisas, conversar. Eu só quero saber se tenho saúde para tal.

— Tem, claro que tem. Mas tente manter-se tranquila, dentro do possível. Se começar a se sentir mal, chame alguém da equipe médica. Na verdade, posso ficar aqui com você enquanto conversam.

— Obrigada, Gustavo, mas essa é uma conversa que eu preciso ter sozinha.

— Vou deixar as enfermeiras de sobreaviso quando ele chegar, caso vejam os ânimos se exaltarem aqui dentro. Quem é mesmo o cara?

— O lutador de MMA. Já falamos sobre ele.

— O que descobriu um transtorno?

— Não sei... Procurei ficar longe das notícias sobre ele nos últimos tempos. É o que estava sendo julgado por bater em outro lutador em uma festa de Ano-Novo.

— Ah, sim. Ele sabe o que fazer para chegar aqui? Disse a ele?

— Não — enfatizei ao balançar a cabeça. — Disse para procurar por você.

— Tudo bem. Eu vou lá para fora. Tem uma foto dele para me mostrar? Para o caso de vê-lo nos corredores.

Vou ao meu celular. Tenho uma foto dele, sim; várias, se for admitir.

— Pam, tem certeza de que é a hora certa de revê-lo? Seu primo disse que estava se escondendo dele — ele soava preocupado dessa vez. — Como você sabe que ele mudou de verdade?

— Sendo ou não a hora certa, eu preciso vê-lo. Nós precisamos conversar, ouvi isso dos meus amigos várias vezes.

— Tudo bem, mas lembre-se de que você está doente, Pam. Precisa controlar sua pressão arterial também e esse encontro não vai ser nada fácil. Além disso, está internada e grávida. Apesar de não querer me intrometer na sua decisão, preciso fazer o papel de seu amigo, já que nenhum deles está por aqui. Como amigo, não sei se esse é o melhor momento para essa discussão.

— Não vou fazer o Toni esperar mais. Não depois de vir até Salvador. — Respirei fundo antes de continuar. — Também preciso ver com os meus olhos se houve alguma mudança, ouvir as promessas que ele tem a fazer. Não quero ficar sonhando com um homem que não vai existir, que não vai melhorar. Preciso ouvi-lo. Se disse que minha saúde permite esse encontro, gostaria de pedir por favor para trazê-lo aqui.

— Tudo bem, você manda. Eu vou sair e resolver algumas pendências. Quando o homem chegar, eu o trarei até aqui.

Os minutos se passaram: 10, 20, 30, 40. Não aguentei e resolvi discar para o número dele. João tinha levado o celular, mas o meu estava aqui e essa era uma sequência que eu sabia de cor. Não levou muito tempo até que a voz dele soasse novamente pela linha. Eu podia vê-lo se afastar de quem quer que estivesse por perto, porque Toni odiava que as pessoas ouvissem a conversa dele. Podia vê-lo sentar-se em um banco, encostar os cotovelos nas coxas. Ou, se estivesse caminhando, podia vê-lo se encostar em uma parede ou pilastra. Coçar a cabeça ou o queixo, como faz toda vez que está nervoso com alguma coisa. Eu sentia seu nervosismo passando pela linha, assim como o meu deveria passar para o lado dele.

— Você não mudou de ideia, não é?

— Eu não sei, Toni. Quero ver você, quero muito, mas tenho medo. Medo de nada ter mudado e me decepcionar. Conversei com o meu médico e, mesmo dizendo que minha saúde aguenta algo assim, não sei se meu coração aguentaria.

Fiz questão de ser sincera. Doía em mim não poder confiar plenamente nele, mas eu não queria trazê-lo de volta para a minha vida, para a vida das crianças, e perceber que ele não tinha mudado nada.

— Mel, você vai ter que confiar em mim. — Ele respirou fundo e eu sabia que tentava se acalmar. — Não sei o que você sabe sobre os últimos meses e eu realmente queria estar olhando nos seus olhos para dizer tudo isso, mas descobri que tenho Transtorno Explosivo Intermitente e era isso que me deixava daquele jeito. — Oh, então é ele mesmo o lutador que descobriu um transtorno. — Eu entendo o seu medo. Totalmente. No seu lugar, teria feito o mesmo. E não posso te prometer que sou um novo homem, amor, mas eu serei. Sinto que ficarei bem. Vou começar o tratamento na clínica mais conceituada de Las Vegas e arrumar minha vida. Não sei o que você fez esse tempo todo, não sei como está a sua vida, mas eu vivi cada dia pensando em ser melhor por mim mesmo, em ser uma pessoa melhor para você, ser o homem que você precisava que eu fosse. Um homem que não enchesse você de medo. Um homem em quem você soubesse que podia confiar. Um homem que vai amar os seus filhos, os nossos filhos. Acho que estou muito perto de ser esse homem, porque é o que eu quero e você sabe que eu luto pelo que quero. Não estou te pedindo para me aceitar de volta, para me deixar ser seu homem de novo. Não ainda. Só quero que você me ouça.

Eu lutei para não fungar. As lágrimas já estavam descendo desde o começo do discurso dele e tudo o que eu pude fazer foi me encolher na cama, abraçando meus bebês. Eu queria Toni ali para me abraçar, para ser o pai dos gêmeos. Para ser meu de novo.

— Quarto 506. Procura o Gustavo que ele vai trazer você.

— Ele está comigo. Estou chegando aí.

— Estou esperando por você.

Era inevitável dizer que eu estava nervosa. Um flash com todos os nossos anos de relacionamento passou na minha mente. Os altos e baixos. Os muito altos e os muito baixos. Enquanto o esperava chegar, passei a mão novamente pela barriga. Seria impossível esconder a gestação dele. Eu esperava que ele entendesse os motivos para eu ter fugido dele. Eu esperava que ele fosse um Toni diferente, mesmo ainda não tendo começado o tratamento.

Fiz uma promessa a mim mesma ali naquele quarto de hospital de que não me deixaria seduzir por ele só porque o amo, como essas mocinhas dos livros. Toni pode me amar, eu posso amá-lo, mas se as coisas não fossem diferentes daqui para frente, ele não teria a chance dele. Eu ia desaparecer de novo, se fosse preciso, mas não deixaria os nossos filhos sofrerem apenas para que pudéssemos ficar juntos.

Por favor, Toni. Esteja diferente.

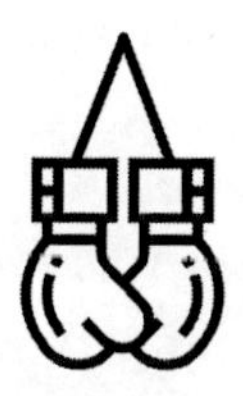

TONI

— Quarto 506. Procura o Gustavo que ele vai trazer você.

Sim.

Sim, sim, sim, sim. Sim. Queria estar xingando trezentos mil palavrões no momento, mas eu não tinha tempo para isso. A mulher da minha vida estava me esperando no quarto 506.

Desencostei da pilastra onde estava e fui em direção ao Gustavo, que conversava com uma enfermeira no corredor. Ela tinha nos parado bem na hora que Pâmela ligou.

— Você por acaso é aquele lutador de MMA famoso? — a enfermeira perguntou.

— Ele é — o médico respondeu por mim. — Mas é ex-namorado da paciente do 506 e eles estão se resolvendo, então tire o olho, Larissa.

Não vou mentir e dizer que não doeu. Doeu sim, lá no fundo. Nunca pensei em ser o ex da Pâmela. Nós estávamos separados há um tempo, sim, mas eu não queria pensar nisso. Não queria *pensar* na possibilidade de ser seu ex e não o atual. O único. Essa mulher é minha.

Espero que ainda seja.

Mas o "eles estão se resolvendo" foi o 1% capaz de manter a esperança.

— Quarto 506. Ela pediu que me leve até lá. — Fiquei encarando o médico, que estava de olho nas folhas que tinha em mãos. A enfermeira, por outro lado, encarava-me abertamente. Como nenhum dos dois parecia muito propenso a me levar, decidi que eu poderia descobrir por conta própria. — Não vou incomodá-los, porém. Eu me viro e a encontro. — Dei as costas. A mulher da minha vida estava me esperando.

— Hook! Volte aqui.

Gustavo chamou e veio atrás de mim, mas não estava exatamente preocupado em esperar por ele. Para não ser indelicado, abrandei o passo, mas tudo o que eu queria era correr. Sair em disparada pelos corredores do hospital até o quarto 506. Logo ele me alcançou, segurando meu braço.

— Sério, não quero atrapalhar seu trabalho. Só quero ver a Mel.

— Não vai atrapalhar. Você precisa que alguém leve você, não vão te deixar entrar.— Droga, não tinha pensado nisso. — Veja, eu ia te contar algumas coisas antes de entrarmos no quarto, mas a situação com a enfermeira me distraiu. Você já sabe que Pâmela está grávida. Essa é uma conversa que eu vou ter com você como médico dela. Ela está esperando gêmeos, um menino e uma menina, entrando na 21ª semana. — Não quis pensar. Apenas ouvi, porque estava sentindo coisas diversas e mal conseguia colocá-las em palavras. — Suponho que os bebês sejam seus, mas essa não é uma conversa para você ter comigo. A gravidez dela não tem sido fácil. Primeiro descobrimos uma deficiência de ferro no organismo e agora estamos desconfiando de uma diabetes gestacional. Nenhuma das situações é grave e eu só pedi que ela viesse para alguns exames, mas ela se sentiu um pouco tonta quando estava indo embora. Assim, sugeri que passasse a noite aqui para que pudéssemos monitorá-la e garantir que tudo esteja bem com ela e os bebês.

— Ela está sozinha? Quem ficou com ela?

— João estava com ela por um tempo, mas precisou sair e agora ela está sozinha, mas deixei as enfermeiras de sobreaviso.

Quem é João?

— Ela está bem mesmo, não é? Os bebês estão bem?

— Quanto a isso, não se preocupe. Está tudo bem com ela, dentro do possível, e com os bebês, provavelmente só um pouco cansada. Essa fase da gravidez é assim mesmo, você vai perceber. Elas se cansam com facilidade.

Ele tinha várias instruções para me dar. Tratamentos, coisas que eu teria que fazer por Pâmela nos próximos dias, dicas de como ajudar na sua gravidez. Falava sobre eu não precisar me preocupar, para eu não me assustar. Ela estava bem. O que mais me tocou, porém, foi o fato de ele falar tudo isso sobre Mel, como se estivesse certo de que iríamos nos acertar. Isso me deu esperança.

— Ela está nesse quarto. — Ele parou comigo em uma porta. — Eu vou entrar primeiro para conferir se está tudo bem com ela, depois você entra, por favor. Estamos monitorando também a pressão arterial; vou te pedir para não a colocar sob estresse.

Concordei e ele entrou. Passou cerca de 10 minutos lá dentro. Eu me sentia um animal enjaulado ali do lado de fora, andando de um lado para o outro. Tão perto daquilo que eu tanto queria, mas precisando esperar do mesmo jeito.

— Ela está te esperando — disse o médico para mim.

Esperei que ele virasse no corredor e estendi a mão para a maçaneta, mas não consegui girar. Aguardei o tempo necessário para me acalmar. Meu coração batia descompassado e eu não queria entrar no quarto feito um louco. Do outro lado da porta, estava o amor da minha vida. Ela estava grávida e essa poderia ser a minha única chance de reconquistá-la. Eu não queria desperdiçar. Eu não iria desperdiçar.

Virei a maçaneta e abri a porta. Lá estava ela, a mesma Pâmela de quem eu me lembrava. Os mesmos olhos que faziam meu coração bater descompassado, que agora me encaravam.

Pâmela foi minha. Eu mudaria a parte do 'foi', porque não posso me contentar com não ter essa mulher ao meu lado. Ela será minha novamente, é uma promessa.

DÉCIMO QUARTO

MEL

Vê-lo entrar pela porta, após todo esse tempo, trouxe um misto de sensações que não sei explicar. Eu podia ver na sua expressão o quanto ele estava determinado. Seu semblante sempre sério, fechado, foi transformado em um rosto cansado, abatido, mas esperançoso. Eu também tenho esperanças, Toni. Será que a gente pode fazer funcionar?

Enquanto ele se aproximava, minha cabeça rodava com imagens. Passado e futuro se misturando, trazendo sensações únicas. Toni chegava, nós nos entendíamos, tudo mudava, nós éramos felizes. Todos os meses em que estive "sozinha", que cuidei de mim e dos bebês sem tê-lo ao meu lado, tudo caiu em cima de mim de uma única vez. Todo o tempo que senti falta dele, da presença dele, do amor da gente. Veio tudo de uma vez no formato de lágrimas.

Sentou-se na cadeira ao meu lado. Eu o via embaçado, o choro nublando minha visão; ainda assim, percebi que ele se emocionava. Estendeu uma mão para o meu rosto, tirando as lágrimas que insistiam em cair; a outra deslizou pela minha barriga, tocando pela primeira vez os nossos filhos.

— Mel... — Provando que nem mesmo ele é de ferro, Toni chorou. Secou as lágrimas com uma das mãos, enquanto continuava tocando minha barriga com a outra. — Você não sabe a falta que me fez, amor. — Ele fungou, recompondo-se. Eu resolvi ouvir tudo o que tinha a dizer, porque ele merecia o benefício da dúvida depois de eu ter escondido os bebês dele. — Eu assumo que fiquei com um pouco de raiva por você ter desaparecido, ainda mais quando descobri que está grávida dos meus filhos. Eu queria estar com você. Passar por tudo do seu lado, cuidar de você e dos bebês. E eu entendo todos os seus motivos para se afastar, mas eu merecia saber que seria pai. Só que quando eu te vi aqui... Deitada, sofrendo, sozinha. Foi só aí que eu percebi que não me importo nem um pouquinho. Você é preciosa para mim, Mel. Preciosa demais para eu ficar chateado por esse tipo de coisa. Será que pode me dar uma chance de te mostrar o quanto eu estou disposto a mudar e fazer para você ficar comigo de novo?

Tudo o que eu pude fazer foi assentir.

— Eu devo isso a você, Toni. — Segurei uma de suas mãos entre as minhas, ainda sentindo a carícia da sua esquerda nos bebês.

Aquela história de não me deixar seduzir por ele? Ser forte e apenas ceder se tivesse certeza de que ele tinha mudado? Passou. Acredito em cada palavra dele porque posso ver a verdade em seus olhos.

— Depois que você foi embora, eu respeitei o seu espaço porque sabia que não te merecia. Não daquele jeito. Eu não queria ser aquele homem para você e para os bebês que eu queria que tivéssemos. Não sabia que eu poderia agir daquele jeito, perder o controle de tal forma. Eu nunca machucaria você intencionalmente, Mel, mas não quero nem pensar no que poderia acontecer se eu perdesse o controle. Descobri que tenho Transtorno Explosivo Intermitente. É um tipo de distúrbio em que a pessoa não consegue se conter nos momentos de raiva e perde o controle, xingando, berrando, ameaçando, destruindo objetos e até mesmo atacando pessoas fisicamente.

— Isso explica muitas das nossas brigas.

Toni assentiu.

— Sim, explica. Eu acredito que tive várias crises durante nosso namoro e não percebi. Preciso encarar esse tratamento e queria vir até você depois de tê-lo concluído, quando fosse um homem novo, mas a vida é quem manda na gente. Não poderia deixar passar a chance de te encontrar, de dizer o que estou sentindo. De mostrar que vou ser uma pessoa melhor daqui a dois meses, quando sair de lá. Entendi que você já tinha percebido, antes mesmo de mim, que havia algo de errado comigo. Por isso teve medo e me deixou. Se estivesse em seu lugar, teria medo também. Ainda mais se estivesse grávida.

— Você vai para a reabilitação por causa disso?

— Também. — Ele assentiu. — Tenho que ir como parte da minha pena. Mas eu já perdi tudo, Mel. Você me deixou e não vou mais lutar na MFL; muitos disseram que eu merecia mesmo ir para a cadeia. Eu não tinha mais nada me esperando aqui fora. Decidi que, em vez de sentir pena de mim mesmo, eu iria conquistar coisas novas para mim.

— Você está feliz, Toni?

Ele sorriu e trouxe o rosto para perto do meu, tocando nossas testas. Ele fechou os olhos e eu também.

— Não estou, Mel. Não completamente — ele disse baixinho, sua respiração misturada à minha. — Fico feliz de saber que a minha vida vai mudar e que em breve terei a minha própria boate e meu centro de treinamento para administrar. Mas só vou ser completo quando sair do tratamento e puder ser um homem melhor para você, amor. A partir desse dia, eu vou fazer o que for preciso para te reconquistar. — Ele se afastou um pouquinho, beijando minha testa. — É uma droga pedir isso com as complicações da gravidez, ainda mais sabendo que eu não poderei estar ao seu lado em cada minuto, mas você espera por mim?

Eu abri os olhos e ele estava me encarando. Naquele momento, eu só tinha uma coisa a dizer, mas...

Ouvi o som da porta se abrindo com violência. João entrou no quarto aparentando estar profundamente irritado. O que eu iria dizer morreu com sua expressão.

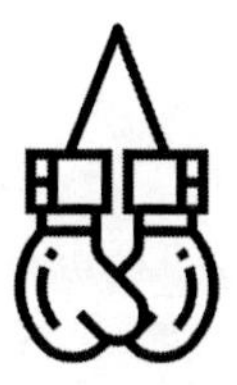

TONI

Eu estava bem positivo sobre tudo. Nervoso demais, é claro, mas as coisas pareciam promissoras. Eu podia ver nos olhos da Pâmela que ela queria me dar uma chance, que ela ainda me amava e eu sabia que nós poderíamos fazer dar certo. Eu estava esperançoso e quase podia ouvir as palavras saírem dos lábios dela quando um troglodita desconhecido invadiu o quarto de hospital.

Foi quando me lembrei de um tal de João, que a Karen tinha citado, mas mesmo assim não fazia ideia de quem era o cara.

— O que você está fazendo aqui? Quem deixou você entrar? — ele perguntou. — Não importa, pode sair. — O cara veio na minha direção, segurando no meu braço e tentando me fazer levantar.

— João, tira a mão dele! — Mel falou, em vão.

— Você claramente não deveria estar aqui. Pâmela não o convidou, então saia! — Ele puxou meu braço e, dessa vez, foi forte o suficiente para me tirar da cadeira que eu estava sentado.

— Na boa, não é da sua conta. O assunto é entre nós dois.

— João, eu que pedi. — Ela parecia aflita. — Eu deixei o Toni entrar.

Transtornado, o cara estava mais preocupado em me expulsar do quarto do que ouvir o que ela dizia. Eu me perguntava o que eles eram um para o outro. Não estava exatamente preocupado com ele ser um namorado ou algo do tipo. Sei que o tom da conversa seria outro se esse fosse o caso. Pâmela é extremamente fiel e deixaria bem claro desde o começo se estivesse vendo alguém. O que realmente passava na minha cabeça nesse momento era o fato de eu nem ter piscado com a agressão do cara. Esse é exatamente o tipo de situação que me deixa espumando de raiva e pronto para briga. Quer dizer, eu estava nervoso e pronto para socar a cara dele a qualquer minuto, mas estava fazendo um esforço sobre-humano para não avançar nele. Minha vontade mesmo era de empurrar o cara para longe e o ameaçar de morte por simplesmente me tocar, mas fazer isso só faria Pâmela se afastar de mim. Seria apenas uma prova de que eu não tinha mudado nada.

— Amigo, escuta o que ela está te dizendo — argumentei.

Para aumentar o nível de testosterona do quarto, Gustavo entrou. Pâmela tinha a respiração acelerada e os aparelhos que a monitoravam começaram a apitar, provavelmente por conta de uma elevação na sua pressão. Isso, sim, me deixou irritado, porque eu podia sentir que ela estava ficando nervosa por uma situação que poderia ter sido facilmente contornada.

— Saiam vocês dois, por favor. Preciso conversar com a paciente e vocês estão deixando-a nervosa.

Como ainda estava próximo à cama de Pâmela, caminhei até ela e beijei sua mão, antes de sair.

— Fica bem. Volto quando você quiser.

Ela concordou com a cabeça e eu saí do quarto. Do lado de fora, uma loira estava sentada em um banco no corredor. Não bastava todas as coisas que eu fiz para me atrasar, esse cara ainda atrapalhava enquanto conversávamos. Frustrado, eu me sentei ao lado dela. João veio logo em seguida e sentou do outro lado.

— O que aconteceu lá dentro? — ela perguntou.

— Esse babaca estava tocando na Pâmela...

— E ela agora é propriedade sua?

— Não, mas não vou deixar esse cara encostar nela depois do que ele fez.

— Fica quieto. Você era o primeiro a defender que eles tinham que conversar. Era isso que eles estavam fazendo.

— Mas, Mi...

— "Mas, Mi" nada — interrompeu. — Olha, vamos nos acalmar e fazer as devidas apresentações. — Virou-se para mim. — Você é o Hook, né? Eu o vi na TV. — Apenas acenei. — Eu sou Michelle. Namorada do João. Vocês se conhecem?

Queria dizer que estava prestando atenção à conversa, mas apenas o fato de que ela era namorada do cara me prendeu. Realmente, ela não estava com esse cara.

— Na verdade, não nos conhecemos — respondi, voltando à realidade.

— E imagino que você chegou todo troglodita lá dentro sem se apresentar, né, amor? — perguntou ao namorado. — Esse é João, primo da Pam, que a abrigou nesse período em que esteve longe.

Ah, sim. Isso fez sentido. Se eu apenas soubesse que ela tinha um primo... Não me lembro de ela ter comentado a respeito. Eu acenei para ele em reconhecimento, mas o cara simplesmente me encarou com raiva nos olhos.

— Eu tenho um montão de coisas entaladas na minha garganta para te dizer, covarde. Estou guardando tudo desde que Pâmela apareceu na minha casa pedindo abrigo. Agora você simplesmente surge aqui e acha que ela vai correr de volta para você? Antes nós temos umas contas para acertar.

Respirei fundo. Minha garganta coçava para responder à altura, mas eu tinha que me manter estável se quisesse causar uma boa impressão. Precisava arrumar uma forma de acalmá-lo para que ele pudesse me deixar em paz. Só queria fazer as coisas com a Mel funcionar.

— Cara, eu entendo. Eu sei que você esteve ao lado dela nos últimos meses e que deve ter acumulado uma tonelada de ira contra mim, mas agora eu só quero me entender com ela, porque eu a amo. Quero resolver as coisas, porque eu a respeito e quero cuidar dela, amá-la, dar aos bebês e à Mel o homem que ela merece e que eles precisam. Se gritar comigo e tentar me colocar para fora vai fazer você se sentir melhor, fique à vontade, mas eu estou aqui para ficar. Estou montando acampamento, e a única pessoa que pode me fazer sair daqui é a Pâmela.

Felizmente, em algum momento depois das reclamações de João, as portas se abriram e eu olhei para o doutor Gustavo. Estive torcendo que aquele médico saísse do quarto da minha mulher para eu poder terminar esse assunto de vez. Não estava irritado com toda a situação, bravo. Nada assim. Eu estava frustrado, porque nem uma conversa com a mulher da minha vida eu poderia ter em paz. Ele me chamou pelo nome e eu me levantei, caminhando até ele.

— A primeira parte da conversa é para todos. — Seu olhar se alternava entre nós três ali presentes. — Por favor, escutem com atenção. Eu vou liberá-la para voltar para casa amanhã bem cedo, às 6 horas. Na verdade, quem fará isso será a médica do próximo plantão. Vou deixar tudo prescrito para minha colega. Pâmela vai fazer um exame daqui a pouco, que a médica verificará antes de liberá-la. A pessoa que ficar responsável pelos cuidados dela deve garantir que seja feito repouso absoluto nesses primeiros dias. Nos próximos meses da gravidez, nós vamos acompanhar tudo de perto. Eu vou passar mais alguns remédios e vitaminas para complementar a dieta dela, mas tudo parece bem, não se preocupem. Agora, com o senhor Antônio. — Seu foco agora era em mim. — Pâmela está bem, pediu para falar com o senhor a sós. Peço que seja breve, pois nós viremos buscá-la para um exame em quinze minutos. — Deixando a pose séria, ele continuou: — Boa sorte.

Mal esperei que ele saísse e caminhei até a porta, segurando a maçaneta. Virei e encarei João. Sério, disse:

— A sós.

Fechando a porta atrás de mim, fui brindado com um belo sorriso. Eu me sentei próximo a ela, ansioso dessa vez. Fechei as mãos unidas, os cotovelos encostados nas pernas. As de Mel vieram até as minhas, segurando-as por cima e trazendo para ficar entrelaçadas na cama.

— Quer dizer que você vai fazer um tratamento para a raiva? — começou tranquila. Ela sabia a resposta, pois eu tinha lhe dito, mas fiz questão de confirmar assim mesmo. — E pretende ficar lá até o fim?

— Sim, pretendo completar o tratamento. Pelo programa deles, quando sair de lá, serei acompanhado por um terapeuta uma vez por mês para atualizá-lo pelo tempo que sentir necessário. — Fiz questão de esclarecer. Mel deve ter gostado, pois seu sorriso iluminou todo o quarto.

— E daqui a quatro meses você estará em casa novamente?

— Sim, até menos, por quê?

— É o tanto que falta para os seus filhos nascerem. — Um sorriso se espalhou pelos lábios dela. Isso significava que ela queria que eu estivesse ao seu lado no nascimento? — Sua resposta é sim.

DÉCIMO QUINTO

MEL

Quando você está em um hospital, as horas parecem passar de forma estranha. Eu não estava preparada para permanecer ali quase vinte e quatro horas, mas foi o que aconteceu. Entre a vontade de Gustavo de me colocar para fazer exames e o protecionismo dos homens que eu considero família, eu fui ficando. Primeiro, por conta dos exames. Depois, a queda de pressão e a chegada de Toni. Em seguida, nós conversamos. Meus amigos chegaram de Las Vegas. Vieram com um jato do patrocinador e levaram 12 horas para chegar. Fiz as contas e eu já estava no hospital há 14 horas. Eles deveriam ter saído bem na hora em que avisamos que estávamos indo para lá ou não teriam chegado aqui a tempo.

Toni estava nervoso, andando de um lado para o outro. Ainda tínhamos muito para conversar, mas a médica plantonista apareceu para me examinar e me dar, finalmente, a alta. Ele a prendeu com uma série de questionamentos. Enquanto eles conversavam sobre a minha saúde e a dos bebês, meus amigos ficaram comigo.

— Só para eu saber, qual é o seu *status* de relacionamento atual, Mel? — Júlia perguntou.

— Ainda solteira.

— Hm... — Minha amiga fez uma cara de quem não estava levando a sério. — Tem certeza? Porque a conversa de vocês me pareceu bem promissora.

— Ele vai fazer um tratamento, porque foi diagnosticado com um transtorno que eu não decorei o nome.

— Transtorno Explosivo Intermitente — Jonah respondeu por mim.

— Isso. Explosivo Intermitente. Eu não sei muito sobre isso...

— Se você olhar esse distúrbio em um livro, ele virá com a foto do Toni ao lado — Karen comentou. — Não sei como não percebi antes, mas descreve perfeitamente o comportamento dele. Geralmente, em situações de raiva, a pessoa não consegue se conter. Ela perde o controle e xinga, destrói as coisas... É normal também que agrida outras pessoas.

— Foi com base nesse distúrbio que a defesa conseguiu que ele não fosse para a cadeia — Jonah conta.

— Então ele não vai mesmo para a cadeia? — pergunto, ávida por informações.

— Pelo que eu sei, não. Vocês não tiveram muito tempo para conversar, né?

Nego com a cabeça.

— Tudo está acontecendo tão rápido.

Quando Toni voltou do papo com a médica, convencemos meus amigos a irem para casa de João descansar. Ele pediu para ficar comigo sozinho, assim teríamos oportunidade para nos falar e meus amigos entenderam. Enquanto eles saíam, nós ficamos sozinhos no quarto.

— Precisa que eu traga alguma coisa?

Neguei com a cabeça e bati em um espaço vazio da cama. Toni entendeu o recado e veio. Em vez de sentar, deitou-se na cama e passou o braço pelos meus ombros.

— A médica disse se vai mesmo me dar alta de manhã? — Encostei-me no peito dele. Era um lugar tão familiar que nem parecia que eu tinha ficado tanto tempo longe.

— Ela não vai dar. Você vai ficar aqui mais um tempo de observação.

Adiaram minha alta outra vez? Primeiro Gustavo, depois a médica no turno da manhã, e agora novamente.

— Você sabe que não precisa disso, né? Não é tão grave que eu precise passar tanto tempo no hospital.

Toni levou uma das mãos à minha barriga e começou a acariciá-la.

— Eu sei. Sua passagem prolongada aqui é culpa minha e do meu egoísmo. Conversei com sua médica e ela disse que, além da suspeita de diabetes gestacional, sua gravidez tem outras complicações. Está monitorando sua pressão, que está alta. Por serem gêmeos, isso é ainda mais perigoso. E considerando que eu vou passar pelo menos três meses longe de você, quero me certificar de que tudo está caminhando bem.

— Mas se algo der errado, você está a um voo de distância, não precisa se preocupar.

Coloquei a mão sobre a dele na minha barriga.

— Não é tão simples. Se eu conseguir um jato, são 12 horas. Caso contrário, são três voos para chegar aqui. Declan saiu de Vegas há oito horas, mas ainda está longe, no segundo voo.

Ele tinha um bom argumento. Se acontecesse qualquer coisa enquanto ele estivesse em Vegas, não seria tão simples chegar aqui. De Las Vegas para o Brasil, não havia nenhuma empresa que fizesse voo direto. Minha mente começou a vagar em possibilidades, mas voltei rápido à realidade quando ouvi Toni prender a respiração bruscamente.

— Que foi?

— Sua barriga. O que foi isso?

Parei para prestar atenção. Há duas semanas os gêmeos já se mexiam dentro de mim e eu estava tão acostumada com a movimentação que mal tinha percebido. Toni, porém, nunca tinha sentido os dois mexerem.

Um sorriso brotou nos meus lábios e eu ergui o rosto para olhá-lo.

— São seus filhos. Estão mexendo.

Toni pulou da cama para ficar mais perto da minha barriga. Encostou o rosto nela e começou a falar baixinho com as crianças. Emocionada, estendi a mão para tocar a cabeça dele. Era esse o homem que eu queria para os meus filhos, para mim. Era com ele que eu sonhei a minha vida toda. Um que se preocupa comigo, mas não cede a provocações. Um que trata nossos filhos com todo o amor do mundo e conversa com eles como se pudessem compreender tudo. Um que vira a noite no hospital comigo, fazendo planos e sonhando junto.

Declan chegou no fim da tarde. Passou por quatro aeroportos até pousar em Salvador. Fiquei grata pela presença dele, porque fez com que Toni relaxasse um pouco. Por mais que houvesse momentos de calmaria, eu podia sentir que algumas coisas o estavam deixando nervoso. Sua passagem foi breve, porém, porque ele resolveu ir para o hotel onde estaria hospedado.

Meu quarto no hospital ficou cheio novamente no meio da noite, já que meus amigos voltaram. Os funcionários não os deixaram ficar ali o tempo inteiro, principalmente porque aquele não era dia de plantão do Gustavo e ele não poderia interceder por nós. Mesmo assim, eles vieram várias vezes para me ver, ainda que de um em um. Ao mesmo tempo, Declan veio. Vestia roupas diferentes da primeira vez e sentou-se ao meu lado, com o semblante sério.

— Pam, eu quero te fazer uma pergunta muito séria e importante.

Arrumei uma posição mais confortável na cama, assim pude encará-lo melhor e dar mais atenção.

— O que houve?

— Foi um inferno chegar aqui. Perderam a merda da minha bagagem. Eu mal dormi porque o voo foi cheio de turbulências e olha que não costumo ter nenhum problema com isso. É por isso que eu *preciso* te pedir uma coisa e gostaria muito que você considerasse isso.

— Claro, vou considerar. Diga o que é.

— Mas, primeiro, preciso saber se você acredita no Toni e confia na recuperação dele.

Essa parecia a pergunta que mudaria tudo. Dava para dizer isso apenas pelo tom que usou para questionar. Respondi com toda a sinceridade do meu coração.

— Tenho certeza de que ele vai ficar bem. E pretendo estar aqui esperando por ele quando sair do tratamento.

— Ótimo, mas o que eu vou pedir é que você não esteja aqui. Queria que você considerasse voltar para Las Vegas. Os seus amigos estão lá e podem cuidar de você, mas, principalmente, se alguma coisa acontecer, Toni só precisa sair da clínica e ir ao seu encontro. Ele não vai precisar sair do país, pegar quatro voos, perder mala e ficar sem dormir. Eu sei que tem um período que grávida não pode mais pegar avião, por isso estou te pedindo para considerar isso o mais rápido possível, caso você ainda possa fazer a viagem.

Eu respondi que pensaria nisso e realmente o fiz.

Ele estava certo: se eu decidisse facilitar a vida dele e ficar mais perto no período da sua recuperação, eu precisava pegar um voo o mais rápido possível. Para sacramentar minha decisão, ele disse uma frase que perfurou a minha alma antes de sair do quarto:

— Já que você não ajudou muito quando Toni precisou de você para escapar da cadeia, vê se você consegue ficar mais perto dele dessa vez.

Antes mesmo que saísse, eu já tinha uma resposta para isso.

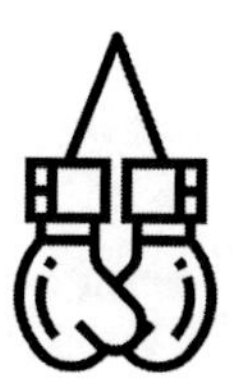

TONI

— A clínica disse que só pode segurar sua vaga por mais dois dias, chefe —anunciou meu assistente por telefone.

De onde eu estava, na sala da fazenda de João, via Pâmela deitada em uma esteira na beira da piscina. Um CD da Ivete Sangalo tocava. Jonah, Júlia e Karen estavam do lado de dentro; Declan, na churrasqueira. O dono da casa estava cuidando de outros assuntos, e esse era o motivo pelo qual eu estava na casa dele. Vinha até aqui todos os dias para vê-la, mas sabendo que ele não me aceitava muito bem, procurava não estar nos mesmos momentos que ele.

— Marca a passagem para amanhã cedo.

— Eu estou com o site aberto aqui, chefe. Tem uma para hoje às 23:00 e a próxima só amanhã à tarde, mas são 30 horas de voo.

Que merda! Odiava companhias aéreas.

— Compra a de hoje. Eu vou preparar as minhas coisas para ir embora.

— Compro a do Declan também?

— Espera mais cinco minutos que eu vou ver com ele. Liga de novo para cá.

Saí no quintal da casa e Pâmela me encarou. Seu rosto se enrugou e me perguntei se era porque ela viu algo no meu.

— O que houve? — questionou assim que passei por ela.

— Já te digo, Mel, só um minuto.

Fui até meu amigo porque era mais urgente. Ele estava tirando a carne da churrasqueira e cortando. Ele é o único americano que eu conheço que pode fazer um churrasco brasileiro decente.

— Que foi, Hook? Essa cara de bunda?

— Vou ter que voltar para Las Vegas hoje. — Pâmela estava nos encarando e eu agradeçi à Ivete por não permitir que ela ouvisse a conversa. Quero conversar pessoalmente com ela. — Você vai comigo? Shane está comprando a minha passagem.

— Vou, a menos que você queira que eu fique para olhar a Pam.

Olhei para ela novamente. Achei que ela precisaria de mim, mas com todos os amigos e o primo, sabia que seria bem cuidada. Ele precisava treinar, não queria atrapalhá-lo. Teria que confiar em Jonah e João para olhar a minha mulher quando eu não pudesse.

— Não, não precisa.

— Não precisa de quê? — Jonah perguntou, chegando perto da gente. Ele roubou uma carne que acabara de ser cortada e disse enquanto mastigava. — Sei que tem algo errado pela cara de bunda que você fez ao sair lá de dentro.

— Eu vou ter que voltar para Las Vegas hoje à noite. A clínica onde vou me internar disse que eu preciso dar entrada em dois dias ou eles não poderão segurar mais a minha vaga. Estava dizendo que não precisa ficar aqui, porque Pâmela tem vocês.

Ele assentiu, terminando de mastigar outro pedaço de carne. Continuou:

— A Júlia vai ficar aqui até o fim da gravidez. Eu vou voltar na próxima semana com a Karen, porque tenho que treinar. Mas aqui a Pam tem o primo também, ela vai ficar bem.

— Tiger... — Olhei diretamente para o amigo da mulher da minha vida, tentando passar seriedade no que tinha para dizer. — Eu sei que fiz merda, mas vou para esse centro de reabilitação porque quero melhorar. Não só para a Pâmela, mas para mim também e agora para os bebês. Enquanto eu estiver lá, preciso saber que ela pode contar com você.

— Ela sempre pode contar comigo, Hook. Sempre foi assim, sempre será.

Mais tranquilo, eu deixei os dois conversando e comendo churrasco e fui para perto da Mel. Ela fingia estar bem, mas dava para vê-la mexendo nervosa nas mãos. Abaixei-me na sua direção bem na hora que o telefone tocou do lado de dentro.

— Vem comigo? — pedi e ela concordou. Andamos devagar até o lado de dentro e o telefone continuava tocando. Ele sabia que não deveria desistir. Enquanto ela se sentava no sofá, eu peguei o telefone. — Shane? — disse em inglês. — Compra para o Declan também.

— Ok, chefe. Estou comprando agora.

Desliguei a ligação com ele e fui me sentar no sofá ao lado dela.

— Meu assistente me ligou mais cedo para avisar que a clínica onde eu vou fazer meu tratamento só pode me esperar por mais dois dias. Considerando que os voos para Las Vegas são uma merda, eu preciso ir hoje. E eu odeio o fato de que esse tem que ser o nosso adeus.

— Não é adeus, meu amor. — Ela pegou a minha mão e beijou. — É só por um tempo. Você precisa ir para cuidar da sua saúde.

— E você precisa cuidar da sua. Desculpa por não poder ficar ao seu lado logo agora quando você mais precisa de mim.

— Tudo o que eu quero de você agora é que se cuide e fique bem para ser o pai que os nossos bebês merecem.

— Não precisa se preocupar com isso. Eu vou melhorar. Só saio daquela clínica quando souber controlar meu temperamento. Preciso que você prometa que vai cuidar da sua saúde, dos nossos bebês, e que, se alguma coisa acontecer, você vai me avisar.

Ela sorriu e se arrastou no sofá para ficar mais perto de mim. Tocou meu rosto antes de dizer:

— Eu prometo. Estarei do lado de fora esperando por você.

Ela me beijou. Como eu senti falta desse beijo, desse toque. De ter essa mulher nos meus braços.

Daqui a dois dias eu daria entrada na clínica. Passaria todo o tempo necessário lá, cuidando da minha saúde para que, quando eu saísse, pudesse ser a melhor versão de Antônio Salles já vista nesse mundo.

DÉCIMO SEXTO

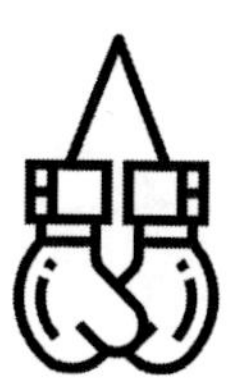

TONI

Meu amigo estava dirigindo. Eu tinha dito a ele que pediria a Shane para me trazer, mas meu melhor amigo seria parte do meu treinamento contra a raiva, de acordo com o que foi combinado com a clínica de reabilitação. Ele disse que viria e aprenderia o caminho. Mesmo cansado das tantas horas de viagem e dos três voos, ele veio.

Ficar internado era o mais indicado na minha situação. Eu tinha muito o que fazer do lado de fora da clínica, vários planos para concretizar, mas eu queria estar focado. Se pretendia melhorar, ser um novo Antônio, eu precisava estar 100% dentro do tratamento. Os médicos da clínica confirmaram que, caso eu estivesse internado, terminaria as sessões obrigatórias mais rápido. Eu tinha 20 sessões determinadas por lei, mas o tratamento em que eu tinha me inscrito era muito mais profundo que isso. Vinte sessões seriam apenas o começo do que eu tinha planejado.

O papel de Declan no meu tratamento era simples: para que eu pudesse estar focado durante uma luta, ele treinaria comigo. Eu não sabia exatamente como isso funcionaria, mas estava feliz por ele estar lá. Mesmo que fosse de uma categoria diferente que a minha, ele era rápido e inteligente. Saberia sair caso minha raiva assumisse. Já treinamos juntos outras vezes, afinal.

— Pronto? — perguntou, logo que estacionou na clínica. Eu assenti e nós saímos do carro.

Pelo que eu pude ver, era um lugar bem tranquilo. Levamos mais de uma hora para chegar ali, porque ficava bem afastado da capital. Parecia uma fazenda de grandes dimensões, mas não vi *cowboys* ou coisas comuns a uma. Certamente eu saberia mais a respeito do local em breve, então não estava preocupado. Caminhamos por uma trilha de cimento entre uma grama muito bem aparada. Olhando a frente da clínica, não parecia em nada um hospital. Estava mais para uma casa de fazenda, com uma varanda de madeira maciça na frente. Eu estava me sentindo no Texas e nunca tinha visitado o Estado.

Entramos pela porta que estava aberta e chegamos a uma recepção. O local era climatizado, o que era bom, considerando a alta temperatura de Las Vegas. Uma senhora e um garotinho estavam sentados nas cadeiras e uma mulher por trás de um balcão. O garoto estava muito concentrado no que a mulher dizia, mas seus olhos se desviaram dela assim que nós entramos. Eu senti enquanto ele nos acompanhou, boquiaberto, assim, me virei para ele e fiz um sinal de positivo com os dedos.

— Hook e Rush! — O garoto soava como se mal pudesse acreditar. Não consegui identificar de que parte dos EUA seu sotaque era, mas eu poderia dizer que ele era uma criança extremamente educada. — Vocês são reais?

Declan caminhou até ele e se abaixou na altura do garoto. Na lista de coisas que esse cara gosta na vida estavam MMA, mulheres e crianças. Todas as outras coisas, como esportes, cerveja, carros ficavam abaixo disso.

— Muito reais, garoto. Qual seu nome?

Dar entrada na clínica podia esperar. Eu caminhei até os dois, joguei minha bolsa no chão e me abaixei.

— Joey. Joey Morrison.

— E quantos anos você tem?

— 9. Será que vocês podem me dar um autógrafo?

Ele me olhou e nós rimos. Crianças são os melhores fãs.

— Claro — respondeu por nós. — Você tem alguma coisa aí para assinarmos?

A mulher que o acompanhava tinha. Ela tirou uma folha de um pequeno caderninho e uma Bic de sua bolsa, e nós assinamos: "Para Joey Morrison. Cresça e seja a diferença na sua própria vida. Dos seus parceiros Hook e Rush." Enquanto o garoto surtava com a mulher ao seu lado, nós nos afastamos e fomos até a recepção.

Só de pensar que daqui a alguns meses eu teria os meus próprios filhos... Era demais para mim.

— Boa tarde, senhores. — Ela tinha um sorriso nos lábios. — Em que posso ajudá-los?

Respirei fundo, porque essa era a parte difícil.

— Meu nome é Antônio Salles. Meu assistente conversou com vocês.

A mulher abriu um sorriso curto e clicou algumas coisas em seu computador.

— Claro, senhor Salles. Seu assistente nos passou as informações. O senhor pode esperar por um momento e traremos um dos enfermeiros para recebê-lo.

Nós nos sentamos. No momento seguinte, uma jovem enfermeira veio e chamou Joey. O garoto foi com ela, o semblante sério. A senhora que estava com ele também se levantou, mas veio primeiro até nós.

— Se me permitem atrapalhar, eu preciso lhes dizer uma coisa. — Encaramos a mulher. — O garoto precisa de bons exemplos. Infelizmente, seu pai abandonou minha filha e ela deixou o álcool e as drogas contaminarem sua alma. Eu realmente agradeço por terem sido bons para ele. Assim como meu neto, eu tenho certeza de que existem muitas outras crianças nesse país que se espelham em vocês. Não os decepcionem, por favor.

A senhora se foi, mas isso ficou na minha mente.

Já decepcionei, quis dizer a ela. *É por isso que eu estou aqui.* Minutos depois, a mesma enfermeira reapareceu e me chamou. Nos levantamos.

— Boa tarde, senhores. — Ela sorriu quando nos aproximamos e estendeu a mão. — Por favor, me chamem de Cindy. Senhor Salles, seja bem-vindo. Vou levá-lo até a triagem para começarmos. — Ela se virou para o meu amigo. — Senhor Rush, sinto muito, mas meu conhecimento da MFL só permite que eu saiba seu apelido. Devo chamá-lo assim mesmo? — Ele riu.

— Apenas Rush está bom, mas, se preferir, pode chamar de Declan.

— Ótimo. Você veio para orientações sobre o treinamento com o senhor Salles, certo? — Ele assentiu. — Ótimo. Enquanto eu converso com o senhor Salles, vou pedir que se encaminhe para a segunda porta à direita. — Ela indicou. — Haverá um psicólogo lá dentro e ele o atenderá.

— Você vai ficar bem? — ele perguntou para mim e, logo que eu assenti, meu amigo se foi.

— Senhor Salles, por favor, siga-me — a enfermeira solicitou.

— Antônio, por favor — pedi. Senhor e meu sobrenome são formais demais. — Ou Hook. Você escolhe.

— Vou ficar com Antônio. — Ela abriu a porta de uma sala e eu entrei. Coloquei minha mala no chão da sala. — Bom, vou explicar como serão as suas próximas horas, tudo bem? — Assenti. — Você tem os documentos que nós enviamos por e-mail em mãos? — Eu assenti novamente e os tirei da bolsa. Ela pegou outra pasta dentro de uma gaveta e me entregou. — Por favor, dê uma olhada nesses documentos enquanto eu confirmo se os seus estão corretos.

Os documentos que eu olhei e trouxe aqui hoje eram sobre os valores, custos, objetivos e duração do tratamento. Esses explicavam detalhadamente todos os passos do programa. Coisas que eu não poderia levar comigo, como drogas e álcool. Eu também estava assinando por estar ali por vontade própria e poder sair do tratamento a qualquer momento, sabendo que eles não se responsabilizariam por mim se eu saísse antes do término. Por mim tudo bem. Precisava do tratamento e ficaria por mais tempo do que o juiz determinou, porque sabia que precisava melhorar. Porque eu tinha um projeto de vida que envolvia ficar bem para poder seguir em frente.

Depois de assinar e entregar tudo à enfermeira, ela pediu que eu vestisse uma roupa daquelas de hospital. Em seguida, na minha frente, ela verificou por drogas, objetos cortantes e outras coisas na minha bolsa e nas minhas roupas. Após não encontrar nada, ela disse que coletaria uma amostra de sangue e mediria minha pressão. Segundo o que eu li nos papéis, esse é um procedimento padrão.

Quando toda a consulta terminou, nós fomos dar uma volta. Eu já vestia minhas roupas novamente e ela chamou Declan para vir conosco. Conheci o lugar em que faria as refeições, o espaço comum onde eu me uniria a outras pessoas que estavam fazendo o tratamento, a recepção para nossas visitas (que poderiam vir todo fim de semana), o escritório dos médicos e psicólogos, entre outros locais. Achei curioso, mas havia uma academia ali também. Nos meus horários vagos, eu estava autorizado a utilizar.

Meu quarto era um lugar de aparência sóbria. Não era todo branco como os de hospital, felizmente, porque acredito que isso teria me entediado depois de um tempo. Uma das paredes era azul índigo, uma das cores favoritas de Pâmela para decoração. Havia uma mesinha com uma cadeira, ambas de mogno e um guarda-roupa de apenas duas portas. A cama parecia boa; solteiro king ou, como dizem, cama de viúva. Havia também uma televisão presa à parede de 32 polegadas, o que era muito pequena para eu ter em casa, mas ficava confortável no espaço pequeno que tínhamos.

A enfermeira me deixou ali e disse que eu poderia me sentir à vontade. Após o jantar, alguém me chamaria para repassar minha programação. Ele, porém, deveria ir. Nós tínhamos um pouco de tempo para nos despedirmos, mas ele tinha que sair com ela. Cindy, educadamente, esperou do lado de fora.

— Vai ficar bem? — Ele me encarava da porta.

Encarei-o, a única pessoa que esteve ao meu lado desde o primeiro momento, com exceção daqueles que eu tinha em minha folha de pagamento. Essa era minha chance de ficar bem e eu não a desperdiçaria.

— Eu vou, cara. Fique tranquilo.

Ele me puxou em um abraço curto e saiu. Encarei as paredes que me cercavam e apenas um pensamento estava na minha mente: eu faria dar certo. Quando eu saísse dessa clínica, seria outra pessoa.

MEL

~~Querido Toni,~~

~~Meu Toni,~~

~~Amor,~~

~~Oi, Toni!~~

Toni,

Declan disse que você chegou bem à clínica e contou um pouco sobre seu tratamento. Não disse muita coisa, mas foi o suficiente para saber que parece algo bem sério. Ele também disse que você vai passar ~~dois meses três meses~~ um tempão em tratamento. Eu me dei conta de que, enquanto você esteve aqui, nós não conversamos sobre a MFL. Também não perguntei a ele, mas ~~queria saber~~ gostaria de saber como ficou a sua situação lá. De todo jeito, espero que você possa me contar sobre isso em breve.

Ele falou que você poderá receber visitas nos fins de semana e que pode receber cartas. Para mim, vai ser um pouco complicado ir até a clínica. Karen disse que eu preciso ter mesmo bastante cuidado, porque estou com a pressão arterial muito alta nos últimos dias, o que é perigoso. Mas escrever eu posso, então pretendo continuar fazendo isso, se você quiser.

Se você não quiser que eu escreva, tudo bem, mas me conta, ok? Não quero que as cartas sejam algo ruim no seu tratamento. E se você quiser me escrever também, vou ficar muito feliz.

Mas essa carta tem um motivo muito importante. Entreguei a ele em mãos, já que há dois dias voltei para Las Vegas. Vim até aqui sob cuidados de todos os meus amigos, além da minha médica particular, também conhecida como Karen, estar atenta nas 12 horas que voamos no jatinho do patrocinador do Jonah. Acredito que ficar aqui vai ser melhor para todo mundo, de verdade. Meus amigos ficarão mais tranquilos e eu não estarei tão longe de você.

~~Se cuida, Toni.~~

Desejo a você o melhor tratamento possível. Que tudo corra bem e que você alcance seus objetivos. Não sei se disse isso antes, mas estou muito orgulhosa de você. Orgulhosa de saber que você está tentando ficar bem não só por você, mas pelos bebês.

Fica bem. ~~Eu te amo.~~

Sempre sua,

Pâmela.

DÉCIMO SÉTIMO

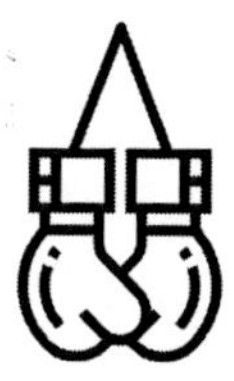

TONI

Reabilitação é uma merda.

No meu caso, eu não precisei passar pelo período de desintoxicação que a maioria das pessoas reclama, porque meu problema não era o vício. Eu até fiquei sem beber, coisa que fazia com alguma frequência, mas não era algo que me faria enlouquecer ficar sem. O problema da *rehab* era outro.

Falar. Eu precisava falar o tempo inteiro. Dr. Chase era realmente bom. O cara era um psicólogo excelente e que sabia exatamente o que fazer. Bom, pelo menos eu imagino que sabia. Ele me fez contar um resumo da minha vida na nossa primeira consulta. Na segunda, pediu que eu falasse da minha família e da minha infância. Na outra, ele pediu que eu falasse de Pâmela. Passamos umas cinco consultas seguidas falando sobre ela. Como nos conhecemos, como era nosso relacionamento, o que eu mais gostava nela, os planos que tínhamos, como me senti quando ela foi embora.

Foram uma merda todos esses encontros. E ou eu saía com raiva da sala ou emocionalmente destruído. Nunca fui o tipo de cara que simplesmente abria o coração para ninguém, mas o doutor Chase tem métodos diferentes. Ele me perguntou, na primeira consulta, do que eu gostava de fazer. Eu disse que gostava de me exercitar, ver futebol, jogar videogame, essas coisas. Costumamos fazer as consultas na academia por conta disso. Ou enquanto jogamos Fifa. O tipo de coisa que você faz com um amigo. Estar à vontade com o cara tornava mais fácil falar.

Doía do mesmo jeito, mas fluía.

Ele também me fazia falar sobre MMA. Como era lutar, como eu comecei, todas essas coisas. Nas últimas sessões, ele passou a falar sobre minhas explosões. O dia em que destruí o apartamento quando Pâmela foi gravar o clipe. A luta com Caio. Outros casos que eu me lembrava.

Outro tipo de sessão que eu tinha lá era lutando. Eu fazia academia com alguma frequência, mas não era o mesmo que lutar com outra pessoa. Quando Declan vinha, tínhamos um padrão. Ele me insultava durante a luta. Falava mal do meu tipo de luta, de como ele era de uma categoria abaixo da minha e, mesmo assim, era melhor do que eu. E eu sabia aonde o dr. Chase queria chegar.

Ele queria que eu surtasse. Queria que eu perdesse a cabeça enquanto lutava. Eu sabia que não estava dando tudo durante as lutas justamente porque eu não queria perder a cabeça. Eu estava me segurando.

Simples insultos sobre minha forma de lutar não me fariam perder a cabeça.

O que mudou drasticamente foi quando eu entrei na sala de treinamento e, junto ao doutor Chase, estava Jonah.

O que esse cara estava fazendo aqui?

— Antônio, chegou bem na hora. — Meu médico veio até mim. — Como pode ver, temos um substituto para treinar no lugar do seu amigo.

Ah, claro. Assim como Pâmela, doutor Chase odiava nos chamar por nossos apelidos. Ele chama as pessoas por seus nomes.

— Rush vai lutar esse fim de semana e estávamos preocupados que ele acabasse se machucando aqui — Explicou.

— Aí você veio.

Ele deu de ombros, enquanto enrolava uma faixa no pulso.

— Ele é rápido e inteligente. Se quiser, pode apagar você em uma luta. — Ele começou a explicar. — Mas não é da mesma categoria que você, e eu sou. Não precisa se segurar comigo. Sinta-se livre para soltar sua raiva em cima de mim, porque eu mal posso esperar para socar essa sua cara.

Jonah estava pronto e me encarou. Levantei uma sobrancelha, tentando entender se ele estava blefando ou não. Nós tínhamos conversado no Brasil e eu tinha dito a ele que estava tentando ficar melhor. Ele não tinha ficado no meu caminho em nenhum momento, mas a verdade é que não falamos sobre o assunto, de modo que eu não sabia como se sentia sobre tudo. Podia imaginar que o cara me culpasse. Eu aceitava a culpa, porque era mesmo o culpado por qualquer coisa que tivesse acontecido. Talvez as complicações na gravidez da Mel fossem por minha causa, pelo estresse que eu causei. Mas, como eu disse, a ideia dessas sessões de luta eram me desestabilizar. Antes que eu decidisse se ele falava a verdade ou não, dr. Chase se aproximou novamente.

— Antônio, com ele aqui, hoje pegaremos mais pesado, tudo bem?

Eu concordei e me preparei para a luta. Quando treino sozinho, costumo usar as luvas de boxe por conta do saco. Já ao lutar com alguém, usar minhas próprias mãos é necessário. Ter um adversário é mais do que trocar socos. E eu entendi exatamente isso quando ele começou os insultos. Dessa vez, era realmente diferente.

Ele me acusava. Jogou na minha cara todas as coisas que eu mais temia. Eu era um desgosto para todos. Mal conseguia me controlar quando era contrariado. Destruí meu apartamento porque minha namorada foi atrás da sua carreira. Destruí um quarto de hotel quando ela foi embora. Não sei ouvir um não. Soquei um cara até quase matá-lo. Pâmela ficou no meio do fogo cruzado que eu sou.

Eu era um merda. Um idiota. Era um garoto pobre morador de Heliópolis que não soube aproveitar o que a vida deu. Não merecia isso. Não merecia estar aqui, ter fãs como o pequeno Joey, nem ganhar dinheiro com a luta.

Não merecia nada.

Dessa vez, minha raiva não assumiu. Nada assumiu. Mal era capaz de reagir depois de todos os pensamentos que tive.

— Acorda, Hook. Depois de tudo o que você fez para todo mundo, vai ficar aí como um babaca e me deixar *destruir* você? — Ele gritou na minha cara e isso me despertou.

Olhei em volta. Caí de joelhos totalmente à mercê do cara. Pela primeira vez, desde que me entendia por gente, ouvi insultos e não liberei meu lado insano. Eu deixei todos os pensamentos negativos me transformarem *nisso, naquilo*. Senti-me um verdadeiro idiota.

Eu fui um babaca e errei com um monte de gente, mas eu lutei para chegar aonde cheguei. Errar é humano e eu estava lutando para não ser burro e persistir no erro. Estava no caminho certo, mudando quem eu era, tornando-me um homem melhor. Meus amigos mereciam que eu fosse alguém melhor, Pâmela merecia.

Eu merecia.

Dei dois tapas no chão, pedindo que encerrasse a luta e me levantei.

— Antônio, onde você estava? — doutor Chase perguntou.

— Em um lugar bem ruim. — Encarei Jonah. — Vamos de novo. Se eu congelar outra vez, faça o favor de socar a minha cara até que eu desperte novamente.

Um sorriso dançou no rosto dele, que rapidamente o escondeu.

— Vamos lá, cara. Eu mal comecei.

Quando terminamos, eu estava morto. Completamente. Ele continuou me insultando, sendo ainda mais incisivo, dizendo coisas sobre Pâmela e eu que me deixaram verdadeiramente mexido. Chegou um ponto em que eu simplesmente não sabia se ele estava falando a verdade ou não.

Pâmela tinha tentado se matar? Ela ficou desaparecida sem dar recado a ninguém até que eles a encontraram com depressão? Nenhuma das suas amigas sabia do paradeiro dela? Ela pegou um avião, contrariando orientações médicas, só para ficar em Las Vegas, mais próxima de mim?

Quando terminamos, ele e meu médico disseram que praticamente tudo o que ele tinha dito era mentira, e eu estava parcialmente relaxado. Praticamente tudo era mentira. Mas o que era verdade?

Caminhei até o seu carro, porque eu queria agradecer por ele ter vindo. E lhe perguntar sobre algumas coisas.

— Obrigado por ter vindo, cara. Acho que progredi muito hoje.

— Não precisa agradecer. Sei que teria feito o mesmo por mim. E ainda pude insultar você e encher a sua cara de porrada. Acho que foi perfeito.

— É, espero conseguir mudar sua opinião sobre algumas daquelas coisas em breve... — Dei um sorriso amarelo, lembrando-me momentaneamente de alguns dos insultos mais pesados.

— Ei, cara, não se preocupa com isso. Não é o que eu realmente penso sobre você. A maioria era parte do tratamento, o médico pediu que eu dissesse. Estou muito orgulhoso de você, por estar aqui, lutando para ser alguém melhor. — Nós tínhamos chegado ao carro dele e ele jogou a mochila no banco de trás. — Apoiei Pâmela quando ela me disse que iria embora, porque sabia que você precisava de algo que o despertasse. Eu sempre tive medo de que a sua agressividade chegasse a ela um dia e eu não pudesse ajudar. Quando soube que estava grávida, então...

— Obrigado por ser um bom amigo para ela — agradeci, mas ele deu de ombros como se não fosse nada.

— Por falar em ser um bom amigo, eu tenho algo para você. — Tirou um papel dobrado de dentro da mala. — Declan pediu desculpas, porque esqueceu na mochila nas outras vezes.

— O que é? — Peguei da mão dele e vi rapidamente que era um envelope. Meu nome estava na frente, com a caligrafia da Mel. — Uma carta?

— Sim, ela deu a ele para trazer, mas ele esqueceu. De nada.

— Obrigado, cara. Por vir aqui e ajudar. Por trazer a carta dela.

— Você não vai se livrar de mim ainda, cara. Volto para chutar a sua bunda outras vezes.

Assisti Jonah sair. Não demorei muito tempo ali, porque o papel na minha mão pedia para ser aberto. O que ele disse afundou dentro de mim enquanto seu carro se afastava e eu retornava para o meu quarto. Pâmela teve medo de mim, medo do monstro que eu poderia me tornar. Ele também teve esse medo, por isso ficou ao seu lado. O sentimento pesava profundamente e eu precisava falar sobre isso com alguém. Sabia que teria uma consulta com o doutor Chase mais tarde, mas precisava falar agora. Dobrei o papel e coloquei dentro do bolso.

Felizmente, logo que eu cheguei à porta do escritório dele, ela se abriu e uma mulher saiu dali. Era a mãe do garotinho Joey Morrison, que definitivamente não deveria ser presente na vida dele. Enquanto o garoto foi extremamente educado conosco, a mãe parecia em constante efeito de drogas, mesmo que já tivesse passado pelo período de desintoxicação desde que eu cheguei aqui. Ela era grosseira, irritadiça e destrutiva. Parecia estar ali contra sua própria vontade e eu me inspirava no exemplo negativo dela para me recuperar.

Eu queria filhos. Moleques como Joey Morrison. Em breve eu os teria, mas precisava melhorar e conquistar a mulher da minha vida de volta. Ela esperava por mim, afinal.

Distraído por esses pensamentos, eu voltei ao mundo percebendo doutor Chase parado na porta, olhando a mãe de Joey sumir pelo corredor.

— Antônio, precisa de alguma coisa?

Eu encarei meu médico e assenti. Precisava desesperadamente falar.

— O senhor está ocupado, doutor? A gente pode adiantar minha consulta semanal?

— Claro. Eu só preciso resolver um detalhe, mas você pode se acomodar.

Ele permitiu que eu entrasse em sua sala e imediatamente me sentei. Enquanto ele organizava uns papéis que estavam em cima da mesa, não me aguentei e falei.

— Eu nem sei por onde começar, doutor. Não quero transformar tudo em uma grande conversa de menininhas sobre meu pobre coração partido.

— Não espere que eu possa aconselhar você sobre isso. Se formos falar de relacionamentos, acho que sou eu que vou precisar de uns conselhos. — Ele terminou de guardar o que tinha em mãos e se sentou no sofá ao meu lado.

— Se você falar, eu falo.

— Você vai falar de qualquer jeito, Antônio. — Ele riu. — Mas eu vou contar, quem sabe você não percebe que não é o único babaca com o sexo oposto? — Nós dois rimos e relaxamos ainda mais no sofá. Ele ligou a TV em um jogo de basquete. Boston Celtics e os New York Knicks disputavam o terceiro tempo. Isso facilitou nos deixar mais relaxados para falar. — Minha namorada quer dar um passo à frente. Casar, ter filhos. Não sei se estou pronto para isso.

— Vocês estão juntos há quanto tempo?

— Seis anos.

Eu o encarei. Para mim, era tempo o suficiente.

— Pâmela e eu estamos juntos há três, doutor. Ela não queria casar, não agora. Nós morávamos juntos e tudo o mais, mas ela também não estava pronta para seguir em frente. — Dei de ombros. — Acho que ela seria o lado mais preparado desse relacionamento para dar a você algum conselho.

Doutor Chase riu. Foi uma risada meio escandalosa, mas não disse nada.

— Quando você começou a falar, eu acreditei que você tinha algo de realmente promissor a dizer.

Foi a minha vez de rir.

— Doutor, fui eu quem fez a namorada correr por ser um idiota que resolve seus problemas na base do soco. Não sou a melhor pessoa para aconselhamento.

— Bom, isso é bem fácil de perceber.

— Se você quer mesmo saber, eu acho que sei o que faria. Provavelmente não é a escolha mais inteligente, mas eu pensaria no que sinto por ela. Olhar os extremos. Seria tão horrível viver a minha vida inteira do lado dessa mulher? Eu aturaria TPM todo mês, crianças correndo pela casa e tudo o que vem no pacote? Ou eu ficaria de boa se não tivéssemos mais nada, se ela sumisse totalmente da minha vida, se ela ficasse com outra pessoa? Se as respostas fossem primeiro sim, depois não, acho que eu daria um passo à frente.

Ele me encarou por um bom tempo antes de responder. Incomodado, eu voltei a encarar a TV.

— Esse foi um bom conselho, na verdade. Agora que já falamos de mim, vamos falar de você. Como foi treinar com Jonah?

— Seja mais específico, doutor.

— Estava mais à vontade de bater nele do que em Declan.

Respirei fundo, tentando não ficar chateado. Todo mundo acha que eu me controlo por ele ser meu amigo, mas esse não é o motivo.

— Meu amigo não é o problema, doutor. Posso lutar com ele o quanto eu quiser e sei que, se as coisas ficarem feias, ele vai simplesmente se afastar ou me fazer parar de alguma forma. Eu estou me segurando. Essa é a ideia de lutar aqui, não é? Aprender a me controlar e manter a minha cabeça no jogo, mesmo quando alguém está me irritando.

— Sim, Antônio. Essa é a ideia. Só que nós precisamos empurrar você até o seu limite e, sinceramente, não acho que estava dando tão certo. Hoje foi totalmente diferente.

Eu ri, totalmente sem humor. Hoje não dava nem para comparar com o treinamento recente.

— Eu realmente não me importo de ele me insultar, doutor. Declan pode dizer o que quiser sobre mim, sobre ser melhor do que eu. É que Jonah acertou. Ele foi no meu maior ponto fraco. Claro que eu estou mudando por mim; eu quero ser feliz, quero trabalhar com o que amo e ficar com a mulher da minha vida. Quero ser pai. Mas eu só quero todas essas coisas se for com Pâmela, porque ela significa minha felicidade. E eu não vou conseguir nada com ela sendo o tipo de homem que sou.

— O homem que você era, Antônio. A cada dia que passa, você melhora. — Ele ficou em silêncio por um tempo, assim como eu, depois entrou na questão que eu sabia que entraria, mais cedo ou mais tarde. — Foi por isso que você o deixou acertá-lo você, certo? Você se perdeu.

Concordei, porque eu não poderia negar. Eu tinha me perdido.

— As coisas que ele falou sobre meu relacionamento com Mel... Estava tudo certo. Eu deixei que me atingisse com um tipo de autoestima baixa que eu não sabia que tinha e me perdi. — Ele continuou calado e eu desembestei a falar, porque precisava colocar isso para fora. — Ela me conhece. Sabe que eu já me irritei com ela várias e várias vezes. Eu posso não ter sido o cara mais perceptivo, mas sei que estava pensando na gravidez. Se estivesse apenas preocupada comigo um dia perdendo o controle com ela, teria gritado isso na minha cara e me mandado parar com a minha merda. Ela não fugiria pelas minhas costas, porque essa não é a mulher que eu conheço. Pâmela não foge quando as coisas ficam difíceis. Mas saber que ela se afastou de mim por se preocupar com nossos filhos me tocou profundamente.

— Ela ter fugido te frustrou?

— E muito. — Soltei o ar dos meus pulmões, contrariado só de pensar nisso. A cena do carro dela se afastando de mim ainda doía. — Ela me ligou do aeroporto e disse algumas coisas bem ruins para mim, mas soou errado. Tudo isso só não parece a Pâmela que eu conheço. Agora eu entendo por quê, mas eu sinto como se tudo ainda se repetisse na minha mente.

— Você falou sobre ser um homem melhor. Quando conhecemos nosso objetivo, fica mais fácil de atingi-lo. Já sabe que tipo de pessoa você quer ser?

— Eu sei. — Não demorei a responder. — Sei exatamente quem quero ser.

Doutor Chase se levantou e foi até sua mesa. Mexeu em alguma coisa na gaveta e voltou com um bloquinho.

— Sua tarefa para a semana: escreva que tipo de pessoa você deseja ser, o que pretende mudar em você para chegar lá e que tipo de atitudes você vai tomar para chegar a isso.

Ele se sentou novamente ao meu lado e nós terminamos de assistir à partida entre os Celtics e os Knicks. A coisa não estava nada boa para o time de Boston.

MEL

Mel,

Por favor, continue escrevendo. Você sabe que eu sou horrível para fazer isso, mas adoraria saber mais sobre o que está acontecendo com você e os bebês. Tudo certo por aqui no tratamento. Estou ficando melhor.

Espero que o seu voo para cá tenha corrido bem.

Cuide-se e continue me dando notícias.

Toni.

Toni,

Tive uma conversa séria com Declan por ter esquecido minha carta por quase um mês. Fico feliz de saber que você está melhorando e que o tratamento está dando certo. Não se preocupe com a sua dificuldade de escrever cartas, você nunca foi bom nisso e eu não deixei de te amar por ser ruim com as palavras. Você é bom à beça com atitudes.

Jonah disse que vai treinar com você de agora em diante, porque surtiu mais efeito em você. Ele não me contou como foi, parece que é proibido, mas também não ~~quero~~ preciso saber. O mais importante para mim é que você esteja bem.

Há uma coisa que gostaria de falar com você, mas não gostaria de escrever isso. Ele disse que me levaria no próximo final de semana, se você puder me ver. Se isso não fizer bem para o seu tratamento, diga e eu não vou. Só quero que você fique melhor.

O voo para cá foi tudo bem. A poltrona era incrível e reclinava totalmente, assim, consegui encontrar uma posição e descansar. Enjoei um pouco, mas estando grávida, isso é normal. Fiz um ultrassom na semana passada para ver como os bebês estão e pedi algumas fotos para a Karen. Mandei junto com a carta, espero que goste de ver seus filhos.

Vou esperar que você diga se devo ir ou não. E torcer para o meu mensageiro não esquecer de levar a carta, ~~já que não posso contar com Declan~~ também.

Sua,
Mel.

Mel,

Venha quando quiser.

Toni.

Caminhar era um verdadeiro pesadelo. Meus pés estavam mais do que inchados hoje. É por isso que eu estava apoiada nos braços fortes do meu melhor amigo e dava passos curtos. Jonah lembrou de levar a carta no último treino e a resposta de Toni foi breve, mas resumia muito bem como ele se expressa. Escreveu na parte de baixo do papel de carta que eu usei, rasgou e devolveu. Um homem prático.

O local onde ele estava internado era lindo. Pelo menos o tanto que eu pude ver. Era uma casa de campo, um ambiente tranquilo, e eu estava apaixonada apenas de olhar. Quando entramos na recepção acolhedora, ele me colocou sentada em um dos sofás confortáveis e foi até o balcão. A mocinha já o conhecia e rapidamente disse que alguém viria nos buscar. Fomos direcionados a uma sala, mas meu amigo saiu e me deixou sozinha. Disse que estaria por perto se eu precisasse dele. O local tinha um sofá, uma poltrona e uma mesinha de centro. Menos de trinta segundos após sua saída, a porta se abriu novamente. Era Toni.

Ele vinha rindo de alguma coisa que ouviu no corredor e era incrível ver seu semblante relaxado. Ao me ver, ele encostou a porta e veio rapidamente na minha direção.

No caminho para cá, eu fiquei me perguntando o que faríamos, como reagiríamos um ao outro. Nem precisava ter me preocupado.

— Oi, amor da minha vida. — Ele se ajoelhou perto das minhas pernas e beijou minhas mãos. Depois beijou minha barriga, sussurrando para ela: — Oi, filhos. Que bom ver vocês de novo. — Aí voltou a me olhar. — Obrigado por ter vindo.

— Obrigada por me receber, Toni.

— Você pode fazer o que quiser, Mel. Sabe disso. — Ainda de joelhos, ele ficou segurando minha mão e beijando os nós dos meus dedos.

— Está indo tudo bem com o tratamento?

Ele acenou rapidamente.

— O médico disse que já poderia me dar alta pelo meu progresso, mas que prefere que eu conclua as consultas. Eu prefiro também, mesmo que isso me mantenha longe por mais um tempo. — Levantou-se e sentou-se ao meu lado. — E você? Está indo às consultas?

— Sim, mas Karen está me atendendo em casa sempre que pode. — Deitei-me no peito dele e ele passou um braço pelo meu ombro. Uma de suas mãos foi imediatamente para minha barriga e a acariciou. — Estou evitando sair.

— Onde você está ficando? — perguntou.

— Aluguei um apartamento no prédio dela. Shane me disse que você entregou o nosso.

— Sim, entreguei, mas ele contou onde estão as coisas? Disse a ele para levar você até lá.

— Jonah e Júlia trouxeram algumas coisas de lá para mim, obrigada.

Toni beijou meu rosto e passou o nariz pelo meu pescoço, esfregando a barba ali. Era engraçado que, agora que não lutava mais e estava deixando a barba crescer, a sensação que eu tinha era diferente. Mesmo que ele tenha feito esse movimento outras vezes. Eram cócegas, mas de um jeito único. Eu adorei.

— Você disse que tinha uma coisa para me dizer.

— Tem uma coisa que está me deixando nervosa.

— O que é, Mel? Não quero você nervosa por nada nesse mundo...

— Não escolhemos os nomes dos nossos bebês.

— Seja realista, Toni. A gente não pode ter treze crianças. Você não é o Steve Martin em *Doze é Demais*. — Isso pareceu acender alguma coisa na mente dele.

— O personagem dele teve doze filhos com a mesma mulher — argumentou. — Se nós começarmos logo, vamos conseguir sem problema nenhum.

— Para de dizer bobagem, homem. Você nem ia ter criatividade para nomear os treze filhos.

— Mel. — Ouvi seus passos enquanto ele se aproximava de mim.

Passou os braços pela minha cintura e eu desliguei o fogo da minha panela de brigadeiro, virando-me para ele. — O ponto não é esse. É para isso que existe internet, sabe? A gente joga lá e aparecem vários nomes, é só a gente selecionar os melhores da lista. — Passei os braços pelo seu pescoço, segurando-me para não reclamar sobre o assunto enquanto ele argumentava. — Você tem 26 anos. A gente precisa começar a pensar logo nisso, assim podemos ter um por ano e teremos treze antes de você fazer quarenta.

— Para com isso. Não vão sair treze crianças de dentro de mim.

Pela cara dele, estava pronto para negociar. Eu queria ter cinco filhos, mais de um adotado. Não tenho condições de encarar cinco gravidezes. Eu teria que ser inteligente nessa negociação.

— Dez. — Ele começou.

— Dois. — Rebati com um número baixo, porque fazia parte do plano.

— Oito.

O que esse homem tem na cabeça, gente? Setenta e dois meses de gestação?

— Três. — Passos de bebê, passos de bebê.

— Cinco e não se fala mais isso. — Isso, Toni. Número pequeno. — Nós podemos combinar de adotar as outras.

— Cinco, mas não vamos adotar oito crianças. — Na verdade, cinco era o máximo, de acordo com o plano.

Ele apenas respirou fundo e eu sabia que tinha vencido.

— O que eu não faço por você, mulher?

Soltei-me dos seus braços e, pegando minha panela de brigadeiro, fui para a sala. Guardava meus risos para quando ele não estivesse por perto, porque tinha acabado de vencer a disputa. A luta de Jonah estava prestes a começar e, diferente de Toni que gostava de ver as lutas com cerveja e amendoim, eu gostava de me empanturrar de brigadeiro. Meu melhor amigo estava lutando bem longe de casa dessa vez e Toni teve uma gripe muito forte, assim preferimos ficar em Vegas. Foi só no fim do primeiro round da luta que eu percebi que ele não estava totalmente focado.

— Eu pensei em alguns nomes e quero a sua opinião.

— Nomes? — perguntei, totalmente focada na preparação dos atletas para o próximo round.

— Sim, dos nossos filhos. O que você acha de Paulo e Lorena?

— Paulo não, era o nome do primeiro garoto por quem eu tive uma quedinha. — Eu podia sentir os olhos dele me perfurando no minuto seguinte. — O quê?

— Acho que não quero saber das suas quedinhas, Pâmela.

— Eu era uma criança, Toni. E foi só uma quedinha.

Ele deu de ombros.

— Ele era uma criança de sorte, mas, como eu disse, não quero falar sobre isso. Vamos escolher outro nome. — Ele parou e pensou por um minuto. — Você tem alguma sugestão?

Eu sorri de lado, feliz por ele ter perguntado, e respondi.

— Lorena e Pedro — ele disse na mesma hora. — Era isso que estava te deixando nervosa? Porque achei que já estava decido.

Relaxei imediatamente. Ele lembrava e não tinha mudado de opinião.

— Eu não quis supor nada.

Soltou uma risadinha e deixou um beijo na minha nuca.

— Bom, fico feliz por você ter ficado em dúvida sobre isso, já que você precisou vir até aqui para falar sobre o assunto. Precisava ver você e as crianças.

A verdade é que esse era o verdadeiro motivo para eu ter vindo aqui. Poderia arrumar quantas desculpas fossem necessárias, mas o que eu queria mesmo era matar a saudade de estar nesses braços.

— Nós também precisávamos ver você, Toni. Nós também.

Amor,

Obrigada por me receber na clínica. Foi ótimo poder ver você, conhecer um pouco do lugar onde você está. Conversei com o doutor Chase na saída e ele estava muito animado com a sua melhora. Acho que isso é bom.

Karen pediu mais uma ultrassonografia para monitorar a diabetes gestacional. Acho que esqueci de falar sobre isso na última carta. Como Declan esqueceu de entregar a primeira, eu achei que você não queria receber e acabei esquecendo de contar. Mas não precisa se preocupar, ok? Tudo está dentro dos conformes. Estou em dia com os exames, tomando os remédios e todas as precauções. Até mesmo me consultei com uma nutricionista para acertar a alimentação.

Agora faltam dois meses para os bebês nascerem e as meninas marcaram um chá de bebê para o próximo fim de semana. Estou me sentindo enorme com essa gravidez, mas não vou conseguir fugir delas. Se quiser, posso mandar fotos depois para você ver.

Ah, por falar em fotos, Karen disse que vai filmar a próxima ultrassonografia. Você quer que eu envie o vídeo? É só me dizer que eu dou um jeito.

Diga se precisar de mim para alguma coisa. Cuide-se bem.

Sua,
Mel.

Mel,

Sinto muito que a diabetes tenha se confirmado. Você não me tinha dito e eu não perguntei quando veio aqui. Sinto por isso também.

Continue se cuidando. Se qualquer coisa acontecer, eu quero saber.

Jonah me mostrou o vídeo do exame. Não chorei coisa nenhuma, você sabe que ele está inventando.

Acha que consegue vir até aqui na próxima semana? Eu gostaria que conhecesse alguém.

Saudades,
Toni.

Toni,

Desculpa não ter ido. Espero que não tenha ficado me esperando. Não estou me sentindo bem nos últimos dias e Karen me pediu repouso absoluto. A maior distância que tenho percorrido é da cama até o sofá.

Sinto muito mesmo. Prometo voltar assim que ela liberar.

Sua,
Mel.

DÉCIMO OITAVO

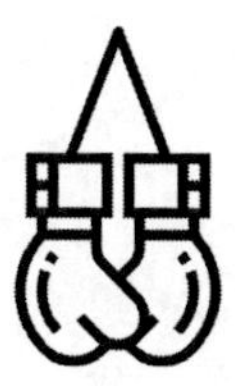

TONI

— Sinto muito por acordá-lo, chefe, mas algumas coisas precisam da sua atenção hoje — repetiu as desculpas pela quinta vez.

Eu queria xingá-lo por ter me feito cair da cama às sete da manhã, mas ele estava coberto de razão. Hoje seria um dia bem longo.

— Café, Shane. Faça uma lista do que eu tenho que resolver enquanto eu tomo um grande copo de café. — Coloquei minha cápsula de café na máquina e fui em direção ao banheiro, pronto para um banho.

— Quer que eu passe aí ou posso ir direto à Havana?

Havana, no caso, é o nome da boate que eu estou comprando.

— Pode ir direto. Manda a lista para mim por e-mail.

O tempo passou. Pode não parecer, mas estou fora da reabilitação há uma semana. O programa que eu estava fazendo terminou e eu me sinto uma pessoa melhor. É claro que eu ainda tenho toda aquela raiva dentro de mim, mas aprendi a controlar. Depois que doutor Chase pediu que eu fizesse uma lista das coisas que precisava fazer para ser a pessoa que eu queria ser, comecei a colocar em dia meu plano. Meus amigos passaram a vir juntos nas minhas consultas. Lutei apenas com Jonah, que absolutamente tirou meu coro, enquanto Declan ria da minha cara. Acabei com a raça dele também, em compensação, mas estava completamente dolorido quando terminamos. O mais importante é que eles trouxeram meu notebook quando vieram e eu comecei a pesquisar terrenos. Encontrei um bem interessante em Henderson, a segunda cidade mais populosa do estado de Nevada, perdendo apenas para Las Vegas. O fato de a cidade ficar a um passeio de carro de vinte minutos era bom para mim por muitos motivos.

Era bom porque eu estava me afastando de Las Vegas para começar minha nova vida. As luzes, os cassinos, as tentações, o MMA.

Era bom porque muitos lutadores da MFL e ligas menores moravam em Las Vegas ou nas proximidades, o que seria ótimo para o meu centro de treinamento.

Era bom porque Havana ficava na cidade.

Como a boate estaria fora do circuito de cassinos de Las Vegas, eu conseguiria trazer mais moradores de lá e das cidades ao redor, como queria desde o início.

Como se não bastasse, a cidade tinha o lema de ser "um lugar para chamar de lar", o que eu poderia usar para recomeçar a minha vida nesse momento.

Assim, com a ajuda de Shane, eu comprei o terreno antes mesmo de sair da clínica e contratei uma equipe para construir. As coisas andaram rápido e o local está praticamente pronto. Agora estamos fazendo os detalhes e acabamentos. Quando ele mandou a lista de coisas que eu tinha para resolver naquele dia, eu já estava pronto para sair. Entrei no meu carro e dirigi até Henderson. Eu estava pensando em comprar uma casa na cidade também, mas ainda não era o momento. Morar no mesmo prédio dos meus amigos tinha lá suas vantagens, então eu não me afastaria por enquanto.

O dia foi cheio. Visitei dois fornecedores, resolvi pendências que estavam atrasando a reabertura da boate e fui checar o espaço que estava reformando para o centro de treinamento. No meio disso tudo, recebi uma ligação dele sobre um jornalista brasileiro que estava há semanas tentando falar com ele. Aparentemente, queriam uma entrevista minha para o Fantástico depois desse período em reabilitação.

A mídia internacional estava tentando descobrir o que eu faria com a minha carreira de lutador. Especulava-se sobre eu abrir uma boate, coisa que eu confirmaria em breve, porque seria uma excelente forma de divulgação e tudo o mais. As dúvidas das pessoas estavam relacionadas à MFL em si. Minha equipe de marketing e assessoria de imprensa fez um trabalho excelente enquanto eu estava na clínica. A mídia falou amplamente sobre meu transtorno e vários programas fizeram especiais sobre a doença, tanto nos EUA quanto no Brasil. Desde que eu pisei lá dentro, as pessoas estão tentando me entrevistar sobre tudo e, agora que saí, a mídia passou a especular sobre meus próximos passos. Sempre aparece alguma "fonte próxima ao lutador" garantindo que vou lutar em ligas menores, já que fui definitivamente expulso da MFL. Diziam que vou voltar ao Brasil, que recebi ofertas de outras ligas, de outros esportes e até mesmo que eu iria para o boxe, como uma forma de reerguer a popularidade do esporte. Sei que vou precisar falar com jornalistas em algum momento, mas ainda não é a hora.

O que mais me chateou foi o fato de eles terem ficado sabendo. Outra coisa que eu tinha decidido enquanto estava lá dentro era que não ia contar a ninguém que estava fora. Tive uma conversa séria com Jonah sobre isso em uma das vezes que ele foi até a clínica, porque havia uma pessoa específica que não poderia saber que eu saí: Pâmela. Não que eu quisesse mentir para ela, longe disso. É que eu tinha prometido a mim mesmo que só bateria na porta dela quando estivesse pronto para uma vida nova. E estava me dando um total de duas semanas para isso.

Eu sinto a falta dela. Não se engane achando que eu não sinto. Todos os dias eu tenho vontade de pegar o carro e bater à sua porta. Já me sinto melhor, muito melhor. Estou calmo, relaxado. Entendo tudo o que fiz de errado. Só quero encontrar minha Mel, abraçá-la, amá-la, mimá-la, torná-la minha esposa e começar a ter nossos filhos. A Lorena e o Pedro. Os próximos três que ela me prometeu. Os outros que eu a convenceria a ter. E agora falta bem pouco para conseguir isso.

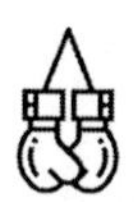

No fim daquele dia, estava assistindo a uma luta de Declan. Mal prestei atenção ao que aconteceu e não vou ser capaz de comentar um minuto disso quando ele aparecer mais tarde. Estive todo esse tempo comendo os chocolates favoritos de Mel enquanto escrevia uma carta para ela.

Enquanto estive na reabilitação, ela continuou escrevendo cartas e mais cartas falando sobre os bebês, seus planos e as coisas que tinham acontecido. As meninas fizeram um chá de bebê para ela e Mel me enviou dezenas de fotos. Não sou muito bom em colocar meus sentimentos em palavras, por isso minhas respostas não eram à altura do que ela escrevia. Eu tentei, juro que tentei, ainda mais quando ela começou a se abrir mais nas cartas. Uma das que eu recebi tinha três páginas dizendo como ela estava feliz, orgulhosa e ansiosa para começarmos nossa vida nova. Percebi que também estava, por isso fiz o plano de entrar em contato com ela duas semanas depois de ter saído da clínica.

Era tempo suficiente para engatilhar todos os meus planos antes de reconquistar o amor da minha vida de vez.

Sentindo-me um bosta de amigo e parte mulherzinha por devorar chocolates enquanto assistia à TV, estiquei o braço para o notebook em uma poltrona perto da cama e abri o Google. Não iria demorar muito para a luta dele estar online. Passeei um pouco pelas redes sociais e logo a página oficial da MFL divulgou um vídeo da luta. Assim que eu terminei de assistir — meu amigo esteve incrível — meu telefone tocou.

— *Suit up, man!* — Uma risada me escapou à menção de Barney Stinson. — Venci essa luta dos infernos e você precisa sair para comemorar comigo! Quero dar um prejuízo total na sua concorrência.

Ele esteve treinando pesado nas últimas semanas, porque o oponente era bom. Meu melhor amigo estava realmente preocupado e eu podia imaginar como ele se sentia por vencer.

— Você sabe que não é prejuízo, já que você estará pagando, né?

— Cala a boca, mané. Vou colocar tudo na conta do patrocinador hoje. Levanta essa sua bunda da cama e *vamos*!

Barney Stinson tem essa teoria de que para conquistar todas as mulheres, basta vestir um terno e sair para aproveitar a vida. Ele grita "*suit up*" para Ted e Marshall, seus melhores amigos, o tempo inteiro. Desde que saí da reabilitação e tenho me recuperado, Declan insiste para que eu o acompanhe nisso. Não, eu não pretendia me vestir para encontrar uma mulher. Minha Mel é minha vida e não desperdiçaria isso sem uma luta para tê-la de volta. A segunda parte da teoria, porém, eu iria usar hoje. Pretendia me vestir e sair para aproveitar a noite, precisava disso. Chega de me entupir de chocolate sozinho em casa.

— Você vai passar aqui para me pegar?

— Sério, cara? — A empolgação na voz dele era evidente. — Você vai? — Declan poderia ser uma criança às vezes. — Eu passo aí. Meia hora, mano. Meia hora. Vou desligar antes que você mude de ideia.

Ele o fez. Eu me levantei e fui me vestir.

A ressaca no dia seguinte foi uma merda. A noite foi um borrão a partir do momento em que chegamos à boate. Nós ficamos lá de cima olhando as pessoas se movendo, bebendo umas cervejas e conversando sobre a luta. Nós não somos os tipos de canalhas dos livros que dormem com uma mulher diferente a cada noite. Na nossa profissão, isso acabou ficando chato no primeiro mês como lutadores. Apareceram mulheres na minha vida que nunca se interessariam por mim se eu não fosse um lutador da MFL. O morador de Heliópolis em mim se zangou com isso e simplesmente desistiu dessa vida. Nós gostamos de mulher, sim, mas preferimos conquistar uma todos os dias, em vez de várias por noite. No meu caso, havia uma única mulher que eu queria conquistar diariamente; seu nome é Pâmela Paiva.

Dias de vitória, porém, costumam ser uma exceção. Nós descemos do ringue ligados a uma tomada de 220 volts. Por isso, não me espantei quando se despediu e eu o vi flertar com uma garota no andar de baixo. Logo que os dois foram embora, eu saí. Já estava muito bêbado, porém, e foi inevitável a ressaca no dia seguinte. Shane estava à minha porta às 9 horas, eu apenas abri para ele e voltei para o quarto. Dormi. Ao meio-dia, pronto para começar o dia, eu sentei para trabalhar. No próximo fim de semana nós iríamos abrir a boate e havia muito a ser feito. Às 15 horas, fui até o centro de treinamento receber um possível investidor para o local. Eu tinha dinheiro para começar, mas não tinha a pretensão de fazer tudo aquilo funcionar sozinho. O projeto que eu tinha era grande, bem grande. E eu precisaria de ajuda para aquilo.

Roberto era um cara detalhista. Precisei mostrar cada canto para ele. Onde aconteceriam as aulas de luta, a área da piscina, a da academia propriamente dita, a parte administrativa, vestiários, tudo. Expliquei cada detalhe. Os planos de fazer o local oferecer bolsas para estudantes carentes. Era um projeto grandioso que só seria colocado em prática realmente com o passar do tempo. Quando Roberto foi embora, eu entrevistei dois caras. Os dois preencheriam vagas de *personal trainer*, mas eu também estava contratando professores de luta.

Além disso, minha academia era mista. Eu não tinha essa frescura de só aceitar homens, de dizer que mulheres não deveriam lutar. Eu queria mesmo era que as mulheres estivessem em pé de igualdade com um homem e ter um espaço na minha academia para elas era proporcionar isso. Não foi à toa que todas as mulheres do meu círculo de amigos sabiam se defender. Nós ensinamos às amigas de Pâmela o que fazer se alguém as agarrasse, mesmo que nossa meta fosse estar lá para que elas não precisassem fazer isso.

Quando cheguei em casa à noite, estava tão cansado que só queria fechar os olhos e acordar no dia seguinte. Eu sabia que isso não seria possível quando vi a loira que estava sentada na porta da minha casa logo que saí nos elevadores. Só não imaginava que a coisa seria tão preocupante.

— A gente precisa ter uma conversa séria — Júlia disse, sem deixar tempo para que eu dissesse alguma coisa.

— Claro. — Cansado, abri a porta da casa e dei espaço para ela entrar. — O que foi?

— Quando você vai parar de mentir para a Pam e procurar por ela? Porque, pelo que eu sei, foi você quem pediu a ela para te esperar sair da clínica. Aqui está você, do lado de fora, mas não estou vendo nenhum esforço para esse relacionamento voltar.

— Eu entendo o que você está dizendo, juro. É um questionamento muito válido — respondi, tentando acalmá-la. — Estou quase lá. Passei todos esses meses lutando para deixar o Hook no passado e ser só o Toni dela, e agora falta bem pouco. Só preciso de mais alguns dias.

Ela sorriu de lado e assentiu com a cabeça.

— Bom, apresse-se. Ela não vai esperar para sempre. — Ela se levantou. — O meu recado está dado.

MEL

Não respondi dizendo que já ia quando a campainha tocou pela sexta vez. Do piso superior, vi que era João e Gustavo. Tenho uma sacada no meu quarto e, por mais que não dê para ver a porta, visualizei o carro estacionado no jardim. É o que deixei reservado para os dois, quando chegassem em Las Vegas.

Programamos a data do parto de forma que Toni esteja fora da clínica quando acontecer. Já que ele não pode estar junto em boa parte da gestação, não quero excluí-lo desse momento.

Assim como não queria que João ficasse de fora. Ele me estendeu a mão quando mais precisei e fiquei feliz de saber que meu primo estava interessado em vir para o nascimento das crianças. Com o turbilhão de emoções que foi essa gravidez, queria me cercar pelo máximo de amigos possíveis.

Júlia praticamente tem morado comigo. Estou vivendo em uma casa de dois andares em Henderson. Escolhi morar aqui porque soube que esse era o lugar onde estava Havana, a boate nova de Toni, e o centro de treinamento que ele abriria. Meus amigos estavam preocupados com o fato de eu morar sozinha no período final da gravidez e, por isso, montavam acampamento aqui sempre que possível. Até mesmo Declan guardou o segredo e veio me visitar algumas vezes.

Continuo mandando cartas para ele, que me responde todas as vezes, mesmo que o conteúdo da carta tenha apenas uma frase. Seu psicólogo disse, na única vez em que consegui ir até lá, que ter notícias minhas e dos bebês estava efetivamente ajudando. Aparentemente, isso fazia Toni ficar mais focado em melhorar. Eu faria o que pudesse para ajudá-lo.

Finalmente cheguei à porta da casa e abri. Os dois estampavam sorrisos travessos, de quem estava aprontando. Tentei me manter brava, mas falhei miseravelmente. Estiquei os braços para que João me abraçasse, porque senti sua falta.

— É tão bom te ver, prima. Saber que você e os bebês estão bem.

— Eu digo o mesmo, primo. Nós sentimos sua falta.

Afastamo-nos. Em seguida, Gustavo abriu os braços para mim.

— Posso abraçar minha paciente favorita?

Surpreendi-me quando Gustavo disse que viria para o meu parto. Ele justificou que era como se ele tivesse estado presente em toda a gravidez e que queria acompanhar tudo de perto, mas eu não acreditei 100%. Lá no fundo, para mim a vinda de Gustavo tinha outro nome: Karen.

— Conseguiram fazer bem o caminho? Pegar o carro? — questionei quando estávamos entrando na cozinha. — Querem beber alguma coisa? Eu tenho cerveja do Jonah na geladeira.

— Colocamos no GPS e o trajeto foi tranquilo — João contou. — E quanto ao carro, estava tudo certo. Apresentamos aqueles papéis e, enfim. conseguimos relaxar.

— Os bebês não vão nascer hoje não, né? Porque se não forem, vou aceitar a cerveja — Gustavo questionou.

Caminhei até a geladeira e peguei uma cerveja. Peguei outra para o meu primo, pois sabia que não iria rejeitar. Sentamos ao redor da ilha da cozinha e ficamos conversando um pouco. Os tópicos variaram, desde as horas de voo e os trâmites de imigração até o que eles planejavam fazer na cidade no período em que estivessem aqui. A cerveja deles acabou e eu os levei para o andar de cima, para conhecerem o quarto de hóspedes.

— Você passa muito tempo sozinha em casa? — Gustavo perguntou logo que chegamos ao andar de cima.

— Não muito, na verdade — disse, sem precisar pensar muito. — Júlia tem passado bastante tempo aqui comigo. Quando ela não pode, alguém sempre vem. Por quê?

— Essa casa é perigosa para uma gestante nas suas condições. Não é bom mesmo que você fique sozinha.

Ele tinha razão. Se considerarmos que estava com mais de oito meses, prestes a dar à luz... Essa casa tinha escadas demais.

Mas eu me apaixonei perdidamente por ela. Ainda havia coisas a serem feitas, móveis a serem comprados, mas não tinha pressa. E esperava que, bem em breve, pudesse ter uma ajuda masculina.

A última carta que recebi de Toni dizia que ele precisaria ficar algumas semanas afastado. Ele estava em tratamento e eu entendia isso. Respeitei sua posição e não escrevi mais.

Não que eu fizesse isso com alguma regularidade, mas tentava enviar cartas sempre que algum deles ia visitá-lo. Resolvi fazer segredo sobre a compra da casa, principalmente porque eu não queria que isso fosse uma imposição. Comprei para que eu pudesse morar com a minha família — seja ele parte dela ou não. O pagamento seria parcelado em alguns anos, mas eu tinha tudo sob controle. Principalmente se eu conseguisse retomar o projeto do programa de TV.

Deixei meus convidados descansando da longa viagem e fui ao computador trabalhar um pouco. Entrei em contato com a emissora de TV que queria que eu apresentasse um *reality show* sobre MMA feminino quando engravidei. A primeira temporada estava no ar e, apesar dos números altos de audiência nos primeiros episódios, isso vinha decaindo. Minha missão era mostrar aos diretores do programa que isso se devia a dois fatores principais: o roteiro mal estruturado e a falta de carisma do apresentador.

De quem foi a brilhante ideia de colocar um *homem* para falar com *mulheres* sobre empoderamento? Sobre conquistar espaço dentro de um esporte majoritariamente masculino? Quem foi o gênio que pensou ser essa a melhor escolha?

Eu não queria saber também. Melhor para mim, pois iria usar esses argumentos para mostrar o que era preciso para o programa dar certo.

Finalizei a apresentação que estava montando no Power Point e enviei para Karen e Júlia. Elas ficaram de me dar opiniões a respeito quando estivesse pronto. Em seguida, corri para olhar as notícias sobre a MFL. Tenho o costume de fazer isso para me manter atualizada sobre o esporte. Uma delas falava sobre a luta do Declan ontem, e eu cliquei para ler. Após uma análise dos golpes e estratégia que o fez vencer, uma frase no último parágrafo chamou a minha atenção:

> "A NOITE TERMINOU EM FESTA PARA RUSH, QUE AGORA É O FAVORITO AO TÍTULO E DETENTOR DO CINTURÃO. ACOMPANHADO DO EX-LUTADOR ANTÔNIO 'HOOK' SALLES, RECÉM-SAÍDO DA REABILITAÇÃO APÓS DESCOBRIR TER TRANSTORNO EXPLOSIVO INTERMITENTE, O LUTADOR COMEMOROU EM FESTA PARTICULAR..."

Não quis terminar de ler. Só o que ficou na minha mente foi o fato de ontem à noite Toni ter saído para uma festa. O que aconteceu lá dentro não me interessava. As perguntas na minha mente eram outras:

Toni estava fora da clínica?

Tinha finalizado o tratamento?

Estava recuperado?

Por que não veio atrás de mim? De nós?

Eu ainda deveria esperar por ele?

Até quando?

DÉCIMO NONO

MEL

Sinto minha respiração completamente desregulada e tento me acalmar. Não quero desistir dos planos que fiz. Não sou daquelas mocinhas que sentam na sua torre e esperam o príncipe encantado vir resgatá-las. Não tenho tempo para isso. Meus filhos vão nascer a qualquer momento e Toni voltará para mim, por bem ou por mal.

Ele teve o tempo dele para ficar bem, eu esperei pacientemente.

Agora chega.

Disco para o telefone dele, que, felizmente, não mudou. Quase desisto quando ouço sua voz do outro lado, mas sigo com o plano.

— Toni... Eu preciso de ajuda. Onde você está?

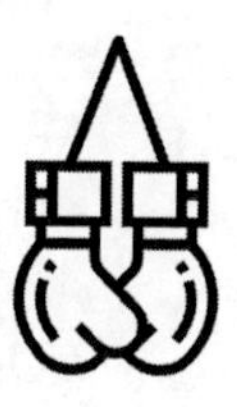

TONI

Eu faço algumas coisas estúpidas quando estou nervoso. E não, não estou falando de nervosismo tipo meu transtorno, onde bato nas pessoas, mas tenho que admitir que é algo estúpido mesmo. Meus atos dessa vez nada têm a ver com meus momentos de raiva. É uma mistura de ansiedade com algo a mais que não sei explicar. Desde que Júlia saiu daqui com aquela mensagem bem dada, fiquei refletindo. Pelas minhas contas, e eu não sou muito bom com gravidezes, amanhã a Mel completa 36 semanas. Ela teria me dito se os bebês já tivessem nascido, né? Sei do tempo de gravidez por causa de uma das cartas que ela me escreveu enquanto eu estava internado. E agora estou aqui tendo sentimentos estranhos sobre toda essa situação.

A coisa estúpida que fiz dessa vez por conta do meu nervosismo foi brincar de jogar o celular para o alto. Eu estava sentado na cama e imaginei que ela amorteceria uma possível queda, mas ele acabou rolando para fora dela em uma das vezes e foi parar no chão. Com a tela trincada. Felizmente, ainda dava para ver, mesmo que com um risco enorme.

Tudo isso se devia ao fato de eu desejar falar com Mel, ir até a casa dela, mas não conseguir. Alguma coisa me prendia nessa casa, nessa cama. Um medo meio doido. Resolvi que já passara da hora de me mexer e peguei minha roupa de academia. Se não podia ir até Pâmela para resolver nossas diferenças, precisava ao menos sair de casa.

Estava no carro em direção à academia onde malho provisoriamente quando meu celular tocou. No visor quebrado, vi o nome dela.

— Mel? — atendi, parando no canto da pista. — Eu estava mesmo criando coragem de...

— Toni... Eu preciso de ajuda. Onde você está?

— Eu... Eu estou em...

O nervosismo tomou conta de mim. Como eu diria a ela que estava de volta, se tinha prometido que a primeira coisa que faria quando saísse seria procurar por ela e fiz exatamente o oposto?

— Eu sei que você está em casa e saiu da clínica. A gente resolve isso depois. Por favor, diz que você está livre agora.

— Co-como você sabe disso? — Droga, ela vai me odiar de verdade.

— Toni! Presta atenção! — Ela foi enfática.

— Oi, Mel, estou prestando.

— Seus filhos vão nascer. Não tem ninguém aqui comigo. Eu preciso de ajuda. Se você não puder me buscar para ir ao hospital, fala agora e eu chamo uma ambulância. Só me avisa logo, droga.

— Claro, claro. — Coloquei a cabeça no lugar. — Onde você está? Eu estou no carro e posso buscar você.

Ela me passou um endereço.

— Venha logo. Estou te esperando em casa.

Eu voei com o carro. Acho que fiz um trajeto de meia hora em treze minutos. Todos os sinais estavam verdes, o que era uma demonstração clara de que Deus estava ao meu lado.

O endereço que me deu é de um condomínio em Henderson. Passei pela esquina de onde seria minha academia antes de chegar lá.

— Boa tarde. Em que posso ajudar? — pergunta o porteiro.

— Boa tarde. Preciso ir no número 613.

— Seu nome, por favor.

— Antônio Salles.

Os olhos dele se arregalaram automaticamente. Suspirei, torcendo para que não tivesse me reconhecido. A última coisa de que precisava agora era de um fã. Mel estava me esperando. Meus filhos estavam me esperando.

— Senhor Salles, a senhorita Pâmela está esperando, acabou de ligar para avisar. Ela disse que não saberia chegar na casa. Vire à direita, depois à terceira esquerda. A casa dela é no segundo bloco.

Ufa! Foi por isso que ele arregalou os olhos. Assim que ele libera a entrada, eu dirijo seguindo as direções que me deu. Mel está sentada na varanda, com uma bolsa enorme ao lado. Ela segura a barriga com os olhos fechados, acariciando-a devagar, parecendo sentir dor. Largo o carro de qualquer jeito e corro até ela.

— Mel! — Ela me olha e se levanta devagar.

Está linda, mas posso ver que carregar dois bebês está sendo custoso para ela. Tiro a bolsa de sua mão e a jogo sobre os ombros. Em seguida, pego-a no colo.

— Toni! — reclama. — Eu estou pesada.

— E eu sou um atleta que levanta um peso superior a duas de você sem tanta dificuldade, então não se preocupa. Acha que consegue ir comigo no banco da frente? Não queria que você fosse sozinha atrás. — Ela assente e a levo até lá. Coloco-a de pé, ao lado do carro, e arrumo o banco para que ela possa sentar com mais espaço. Ajudo-a a se acomodar e dou a volta no carro. — Para que hospital nós vamos?

— O da Karen. Ela está lá de plantão, esperando com a equipe.

Dirigi imediatamente, feliz por saber o caminho. Quando chegamos à rua, eu comecei:

— Mel, desculpa não ter vindo atrás de você até agora. Não quero que pense que eu não vim antes porque não queria ficar com você.

— Eu disse que iria esperar por você, e aqui estou eu esperando. Só queria que você tivesse ficado do meu lado no fim da gravidez, mas sei que precisou de um tempo para melhorar. Tudo bem. Eu só precisava de você agora.

— Eu queria que tudo estivesse organizado na minha vida quando a gente ficasse junto, mas o tempo não estava do meu lado.

Ela balançou a cabeça e encostou a cabeça na janela.

— Mel, posso fazer alguma coisa para ajudar?

Em resposta, ela estendeu uma mão até a minha coxa. Lembro-me das milhares de vezes em que dirigi com ela ao meu lado, na mesma posição. Coloquei minha mão sobre a dela, tentando demonstrar meu apoio, já que não pude dar nesses nove meses de gravidez.

— Dirige — disse, fazendo uma pausa. — O mais rápido que você puder.

Eu fiz o que ela pediu. E Deus nos ajudou novamente, porque todos os sinais estavam abertos mais uma vez.

Lorena Paiva Salles nasceu exatas duas horas e quarenta e dois minutos depois de chegarmos ao hospital.

Pedro Paiva Salles nasceu dez minutos depois.

O parto foi normal. Ainda assim, todo mundo estava esperando por nós. Cheguei ao hospital e levaram Mel para se preparar sem mim. Disseram que eu deveria vestir roupas hospitalares em uma sala separada se quisesse acompanhar o parto. Karen foi comigo até o local, assim poderia explicar como seria a cirurgia.

— O que eu tenho que fazer lá? É igual os partos que a gente vê na TV?

— O parto é normal, então sim. Em partes.

— Ela sabia que teria que vir para o hospital hoje? Por isso as coisas estavam prontas quando chegamos aqui? — perguntei, sem entender.

— Não, Toni. Você está em uma maternidade. Estamos prontos para fazer partos todos os dias, em qualquer horário.

— Mas vocês sabiam que os bebês nasceriam agora?

— Tínhamos uma suspeita de que estava próximo. Gêmeos não costumam esperar completar nove meses.

— E por que não tinha ninguém com ela hoje para trazê-la aqui?

A médica rola os olhos para mim, como se eu fosse um estúpido por perguntar. Depois me dá o segundo tapa na cara sem nem usar as mãos.

— Claro que tinha. Gustavo e João estavam em casa, saíram depois de vocês, mas Pam não queria que eles a trouxessem. Sim, pode chamá-la de maluca, mas minha amiga está surtando desde ontem porque descobriu que você saiu da clínica e não se deu ao trabalho de procurar por ela. Assim, quando os bebês disseram que estavam prontos para sair, ela mandou todo mundo ficar quieto porque ia te obrigar a participar.

— Mas...

— Mas nada, homem. Larga de ser burro. Essa mulher te ama e quer que seja você do lado dela. Só aceita. — Nesse momento nós chegamos ao lugar onde eu deveria me trocar, e ela fez uma pausa. — Higienize sua mão e vista a roupa hospitalar com a touca — ela orientou. Antes de fechar a porta, completou: — Você vacilou quando mentiu para ela e deixou que ela descobrisse as coisas por conta própria, mas é hora de seguir em frente. Pede desculpas e fica ao lado dela daqui para frente, porque você perdeu nove meses ao lado dos seus filhos e da sua mulher. Pâmela ainda fez questão de que você participasse, ao menos, do nascimento. Eu vou te esperar aqui fora.

Ela me deixa sozinho, pensando na burrice que foi não ter dito nada a ela.

Felizmente, por mais que eu tenha demorado, nada aconteceu. Ambos os bebês nasceram saudáveis e, graças à mulher da minha vida, eu pude assistir seus primeiros segundos de vida. E eu nem sabia por onde começar a agradecer por isso.

Horas depois de Pâmela ter dado à luz, uma enfermeira entrou no quarto.

— Olá, papai e mamãe. Tudo bem por aqui? — Sorridente, concordou. — Ótimo. Os bebês estão bem e foram liberados para serem amamentados. Papai, gostaria de vir comigo buscá-los?

Meu peito se expandiu com todo o ar que aspirei de uma única vez.

— Vai, Toni. — Pâmela apertou minha mão. — Vai buscar nossos filhos.

Levantei-me e segui a enfermeira.

— Nós estamos nos encaminhando para o berçário. Eu vou passar algumas orientações a você para quando chegarmos lá, tudo bem?

— Claro. Estou prestando atenção.

— É muito importante mantermos o tom de voz baixo lá dentro. A maioria dos bebês está dormindo e conversas altas costumam atrapalhar. — Assinto, compreendendo totalmente. — Também vou pedir para que higienize as mãos para pegar os bebês no colo.

Ao chegarmos lá, faço exatamente o que ela pediu. Além das mãos, passo álcool nos meus braços, por via das dúvidas. Olho os bebês no berçário. Já tinha visto meus filhos na sala de parto e tido a oportunidade de cortar os cordões umbilicais deles. Não consegui encontrá-los com facilidade, provavelmente estavam reunidas umas trinta crianças na mesma sala. Outras dez incubadoras se encontram no fundo da sala. Nelas, havia bebês minúsculos, encolhidinhos, e fiquei me perguntando o que acontecia com cada um deles. Torci para que todos ficassem bem e saíssem dali em breve.

Reparei que quase todos os bebês nas incubadoras têm um bichinho de pelúcia ao lado. Sem entender por quê, perguntei à enfermeira.

— Faz parte da recuperação deles — explicou. — Uma ONG faz. A ideia surgiu na Dinamarca. São polvos de algodão e os tentáculos remetem ao cordão umbilical, o que faz os recém-nascidos sentir que ainda estão no útero da mamãe. Alguns dizem que de nada adianta para a recuperação das crianças, mas um hospital universitário dinamarquês observou melhoras na respiração e no sistema cardíaco de alguns nenéns. Aqui, nós também vimos bons resultados após a adoção dos polvos. Além disso, os bebês adoram.

A ideia me tocou profundamente. Aproximei-me dos bebês na incubadora, vendo-os tão pequenos, indefesos. Alguns deles se agarravam aos pequenos polvos como se suas vidas dependessem disso. Felizmente, meus filhos nasceram apenas algumas semanas antes dos nove meses, mas isso era absolutamente normal para gêmeos, de acordo com o que me explicaram. Só que alguns dos que estavam ali lutavam bravamente pelas suas vidas. Tão jovens e tão fortes ao mesmo tempo, enfrentando inúmeras dificuldades para vencer a única luta que realmente vale a pena. Fiz uma nota mental para pesquisar sobre o assunto e ver se poderia ajudar.

Em seguida, voltei-me para os berços e para uma menina negra inquieta. Não chorava, mas tinha os olhos arregalados, mexendo braços e pernas. Olhos iguais aos de Pâmela.

— Imagino que queira pegar os dois no colo, certo? — questionou quando me viu olhando a pequena.

Ao lado dela havia um menino também negro. Dormia tranquilo, como se nada o incomodasse no mundo.

Meus filhos.

Ela me ajudou a segurar Pedro primeiro. Disse que ele era mais tranquilo que Lorena. Mesmo desajeitado, fiz tudo o que ela pediu. A paz que senti ao ter meu filho no colo foi sem igual.

Faria de tudo para que ele tivesse a melhor vida possível.

Depois, a enfermeira colocou Lorena no meu colo. Ela se remexeu inteira e resmungou um pouco, até a cabecinha cair em direção ao meu braço, e se acalmou. Meu coração se encheu do amor mais puro do mundo e, mais uma vez, eu agradeci a Deus por poder presenciar esse momento.

— Vamos conhecer a mamãe, princesa?

Seguindo a enfermeira que levava Pedro nos braços, eu fui com a minha filha em direção à mulher que eu amava. A vida não poderia ser melhor.

VIGÉSIMO

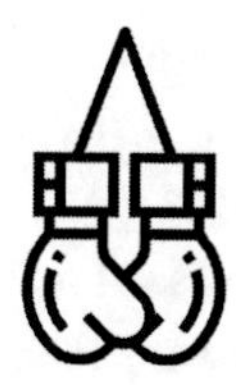

TONI

Pâmela me contou que aquela casa onde eu a busquei era nossa. Declan tinha dito a ela que eu estava procurando por lugares em Henderson e queria me mudar para lá. Assim, ela encontrou uma casa para comprar na cidade. Uma casa para nós dois morarmos.

Essa mulher merece um beijo na boca. No mínimo.

Ela ficou internada por três dias. Logo que nos encontramos novamente, depois de ela ter amamentado e os médicos terem liberado a ida dela para o quarto, Mel me contou sobre a casa.

— Eu espero que você goste de lá. Pensei que poderíamos dividi-la um dia.

— Meu amor... — Respirei fundo e deixei que as palavras saíssem bem de dentro do meu coração. — Eu lutei a maior luta da minha vida nos últimos nove meses. Eu me perdi, eu te perdi, eu te encontrei e eu fui me encontrar. A caminhada foi difícil e eu sou imensamente grato por você ter acreditado e esperado por mim. Quando voltei, tudo o que eu queria era ter uma vida estruturada para te mostrar que poderia confiar em mim para cuidar de você e dos bebês, mas levou tempo demais e eu fiquei com tanto medo de perder a família que a gente ainda nem tinha construído...

Prometemos que iríamos fazer o nosso relacionamento funcionar. Utilizaríamos todas as ferramentas que tínhamos ao nosso alcance para pegar o nosso passado, aprender com nossos erros e construir uma nova história para nós dois daqui para frente. Pedi a chave da casa e a permissão de levar as minhas coisas para lá, assim poderia cuidar dela quando ela voltasse com os bebês.

Fiquei preocupado com o que faria se precisasse voltar para casa com eles sem ela, mas Karen e os médicos acharam melhor deixar os dois internados e saírem quando Mel estivesse liberada. Ela tinha horários fixos de visita e eu me dividia entre ficar com ela, com as crianças e cuidar de alguns detalhes na nossa casa. Nossos amigos nos ajudaram nessa parte. Eles estavam lá o tempo inteiro e nós comemoramos juntos o nascimento dos meus pequenos.

Lorena é uma criança escandalosa. Seu choro é bem alto e eu tenho pena das enfermeiras que precisavam cuidar dela. Pedro, em compensação, é dorminhoco. Acho que Deus manda crianças assim para facilitar a vida dos pais. Se meu moleque tivesse o fôlego da irmã, nós estaríamos ferrados.

No dia que fomos para casa, eu empurrava um carrinho duplo. Não deixei que Pâmela fizesse isso, porque ela precisava se recuperar um pouco ainda. O resguardo era um período importante e eu tinha ouvido todas as recomendações médicas.

Posso não ter sido um pai presente no período pré-natal, mas seria o homem dos seus sonhos no pós-operatório.

— Queria ter pedido para a diarista passar em casa. Não queria levar os bebês para uma casa cheia de poeira — disse dentro do carro, logo que entramos no condomínio.

Um sorriso se espalhou pelos meus lábios inevitavelmente. Ponto para o time Hook.

— Não se preocupa com isso, amor. A casa está toda em ordem.

— Ah, é? Você arrumou?

— Claro que não, mas eu tenho o telefone da sua diarista e seu primo estava aqui para recebê-la. É a Faith, não é?

Ela abriu um sorriso largo e puxou meu rosto para beijá-lo.

— Eu amo você, Toni.

Parei o carro na porta da nossa nova casa. Virei-me em direção a ela e peguei seu rosto entre as minhas mãos.

— Era só ligar para a diarista para receber uma declaração de amor? — Mel começou a rir. — Imagina só o que vai acontecer quando eu ligar para o seu restaurante favorito ou cortar a grama do nosso jardim!

— Você será muito bem recompensado por todas essas ações.

— Ótimo — disse, abrindo a porta do carro. — Vou começar essa noite.

Desfiz as travas do bebê-conforto da Lorena e levei-a comigo. Do outro lado, Pâmela acabou de destravar as de Pedro. Peguei os bebês de dentro do carro e os levei para dentro com a mulher da minha vida ao meu lado.

Respirei fundo, sentindo o cheiro de vida nova. Toda a raiva que por anos senti, que fervilhava dentro de mim, hoje está controlada a ponto de eu não a sentir. Uma tranquilidade tomou conta de mim, pois sabia que tinha tudo de que precisava.

E continuaria lutando, dia após dia, para ser o que *eles* precisam.

Do lado de dentro, ela não sabia, mas havia mais do que uma casa arrumada à sua espera. Com a chave da porta, ela passou na minha frente para abrir, tentando ajudar. Deixei que ela fizesse isso, porque queria que se surpreendesse.

Como combinado, seus amigos gritaram surpresa ao atravessarmos a porta. Ela escondeu o rosto com as mãos, surpresa. Lorena, nos meus braços, começou a chorar, demonstrando toda sua potência vocal. Pedro, por outro lado, reclamou minimamente e voltou a dormir.

— Ai, gente... O que vocês todos estão fazendo aqui?! — questionou, ainda sem entender o que estava acontecendo.

— Fomos convocados para recepcionar vocês aqui — Jonah disse.

— Eu estou hospedado aqui, não tive escolha — Gustavo completou e levou um tapa de Karen imediatamente. Notei a proximidade dos dois, mas guardei para mim.

— Eu reuni todo mundo aqui em casa, amor, porque tinha algo a dizer. — Entreguei os bebês para as amigas de Mel e puxei-a para se sentar no sofá, no meio de todo mundo. Parei na frente de todos. — Obrigado a todos por terem vindo. Apesar de saber que o fato de ter cerveja na geladeira e carne para ir à churrasqueira ser o verdadeiro motivo para terem aceitado vir, sou grato por contar com vocês. — Fiz uma pausa e tomei fôlego antes de continuar o discurso. — Nos últimos nove meses, minha vida virou de cabeça para baixo. Não preciso explicar a vocês o que aconteceu, porque sabem mais do que eu, mas quero agradecer por tudo. Por terem dado todo o suporte que minha namorada e meus filhos precisavam. Por terem me apoiado quando fiquei internado. E agora que todos vocês estão reunidos aqui, eu tenho algo a dizer e preciso que vocês sejam minhas testemunhas.

Olhei para cada um deles, que já sabiam o que iria acontecer. Aproximei-me dela e fiquei de joelhos na sua frente. Alguém se levantou e colocou a música do Bruno Mars que eu combinei de tocar. Todo mundo ficou de pé, acompanhando a música nas palmas. Mel olhou ao redor enquanto todos cantavam.

It's a beautiful night
É uma bela noite
We're looking for something dumb to do
Estamos procurando alguma coisa estúpida para fazer
Hey, baby
I think I wanna marry you
Eu acho que quero me casar com você

— Você é a mulher da minha vida. — Segurei a mão dela e falei o mais perto possível. — Eu sou um idiota por ter demorado tanto para voltar para você. Obrigado por me ajudar a encontrar o melhor de mim. Eu te amo. Quer casar comigo?

O resto vocês já sabem.

Depois que eu faço a pergunta, ela diz sim.

Nós somos felizes para sempre.

Fim da história.

EPÍLOGO

MEL

— Mel, tá pronta? — Toni diz, entrando no quarto.

— Já, só falta calçar os sapatos.

Sempre que posso, prefiro usar sapatos que eu só precise encaixar os pés. Tenho uma dificuldade ridícula em fechar sandálias, mas estou com essas porque Toni pediu. Disse que viu em uma loja e achou que ficaria linda em mim.

Ao entrar no *closet* e me ver sentada afivelando a sandália, se ajoelhou aos meus pés e fechou por mim em cinco segundos. Usava uma jaqueta de couro preta por cima de uma blusa azul-marinho que o deixava 60 vezes mais gostoso do que o normal.

— Pronta? — Eu assenti. — Então vamos.

Segurando a minha mão, ele me guia para fora do quarto. Caminhamos em direção ao quarto dos bebês e encontramos Carla, nossa nova babá, por lá. É a primeira vez que deixamos as crianças com ela. Passamos a maior parte do tempo com eles e, quando precisamos sair, um dos nossos amigos fica de olho, mas dessa vez não será possível, porque todos precisam estar fora. É a luta do ano.

Tiger x Animal.

Jonah x Caio.

Meu melhor amigo x o Abusador.

Gostaria de dizer que estou tranquila quanto a isso, mas o fato de a MFL não ter dado nenhuma punição a um cara que praticou assédio contra mim me incomoda profundamente. De mim ele não conseguiu nada, mas quantas será que já sofreram na mão dele e não tiveram sua voz ouvida?

Quando foi feito o emparelhamento da final do campeonato e soubemos que eles seriam adversários, eu estava em casa com Toni, sentada no sofá com as pernas no seu colo. Meu noivo estava sério, concentrado. Ficou calado por um bom tempo até que eu puxei assunto.

— Jonah é melhor que ele, né?

— Sem dúvidas — disse, a voz grave. — Tecnicamente, ele é muito superior. Só precisa estudar as lutas dele para não ser surpreendido. — Ficou em silêncio novamente, acariciando as minhas pernas. Virou-se para mim de supetão. — Você acha que ele gostaria se eu desse algumas dicas? Passei tanto tempo estudando o cara para a nossa luta que ainda tenho coisas na minha mente sobre ele.

— Vai ter que perguntar a ele, amor. Sabe que ele sempre aceitou dicas suas sobre adversários, mas o Caio é um problema para todos nós, né? Uma lembrança ruim...

— É... — disse reticente, suspirando no final. — O destino faz coisas estranhas.

Quando Toni disse que eu precisava falar com ele, meu amigo foi mais rápido e pediu a ele para que ajudasse no seu treinamento. Os dois passaram muito tempo discutindo sobre o que aquela disputa significava para o nosso grupo. Não era vingança, não era nada do tipo, mas parecia que o destino tinha nos dado essa oportunidade. A chance que queríamos de fazer esse idiota pagar pelo que tinha feito.

Ele ia levar uma surra *dentro* do octógono e perderia o campeonato pelas mãos do meu melhor amigo.

Beijo meus filhos e me despeço da babá. Não sou aquele tipo de mãe que fica enlouquecida com a segurança do filho e acha que ninguém vai cuidar dele como ela, mas também não sou desleixada, então lembro a ela as coisas básicas.

— Eles dormem às 21 horas. As coisas para o banho estão todas naquele armário do banheiro que eu disse, na prateleira de cima. Se precisar de nós, é só ligar para o nosso telefone. Deixei os números dos meus amigos naquele papel na geladeira.

— Claro, senhorita Paiva. Eu ligo se houver qualquer situação que precise de sua atenção.

O Uber nos espera na porta de casa. Conversamos sobre Toni dirigir até o local da luta, mas desistimos ao pensar nos engarrafamentos ao redor do estádio e na oferta reduzida de vagas.

No estádio, vamos direto para o camarote que nos foi reservado. Por ter participado do treinamento, ele deveria estar junto da equipe próximo ao octógono, mas com toda a situação com Caio, decidimos nos afastar. É comum assistirmos as lutas na primeira fila do octógono, mas desistimos disso também. Exceto Júlia, que ficava lá sempre para dar sorte ao namorado, nós escolhemos um camarote. Somos os primeiros do grupo a chegar e, por isso, Toni me encurrala sobre um assunto que não conversamos muito nos últimos tempos.

— Amor, a babá chamou você de senhorita Paiva e me deixou pensativo... Quando você vai finalmente ser a senhora Salles?

A verdade é que, com o nascimento dos bebês e a correria da mudança de rotina, não marcamos uma data. Toni está trabalhando nos últimos meses em um monte de coisas: ele conseguiu abrir a boate e está bem envolvido nela nesse início. Todas as noites ele vai para lá e fica até o fechamento. Acorda bem cedo no dia seguinte, faz sua rotina de treinamento e, quando eu acordo, ele passa o dia cuidando de mim e dos filhos. Exceto nos dias em que treina. O centro de treinamento teve sua abertura adiada algumas vezes porque ele quer ficar mais tempo com a gente.

— Eu perdi toda a sua gestação, Mel, não vou perder o começo da vida dos nossos filhos.

O casamento, então... Tem sido a última coisa da lista. É claro que quero a cerimônia e o sobrenome dele, mas isso pode esperar. Reaver o nosso vínculo era o mais importante no momento.

— Acho que estou esperando o momento certo. Até agora, estamos focados nos bebês, nos seus projetos, no meu programa... Será que devemos acrescentar mais isso à nossa lista ou é melhor esperar um pouco mais?

— É, por mais que eu esteja louco para me casar com você, tem tanta coisa acontecendo nas nossas vidas...

— Chegamos! — Karen diz, abrindo a porta do camarote de supetão.

Atrás da minha melhor amiga está Gustavo, agora seu namorado. Depois de vir para o nascimento dos meus filhos, ele não foi embora.

Ela contou que eles foram em um encontro e, de uma forma totalmente romântica, disse a ela que viria fazer algum doutorado sobre um assunto muito complexo para mim. Desde então, eles são um casal. E eu uma amiga muito feliz por ver a felicidade da minha menina.

A conversa muda para o assunto da noite: MMA. A grande luta.

Declan logo chega também, junto de outros amigos de Jonah. Todos estão agitados, focados. Inclusive eu.

Ele vencerá, não há dúvida. Caio não tem chances contra meu melhor amigo, nunca teve. E isso vai ficar provado hoje.

— Boa noite, senhoras e senhores! — o apresentador da noite diz, estendendo várias das vogais. — Vocês estão prontos para a luta do ano?

Era mesmo a luta do ano. E nós venceríamos.

Porque já tinha passado da hora de Caio ser derrotado. Ele tem sido um babaca machista por todos esses anos e, mesmo assim, foi recompensado com a ida para a final da MFL. Mas isso vai ficar no passado.

O reinado do babaca acaba hoje.

Um cruzado.

Um adversário sendo dominado no chão.

Dezoito segundos marcados no cronômetro.

Nocaute no primeiro *round*.

Essa é a história da luta do ano, vencida pelo Jonah.

Não havia dúvidas de que ele venceria.

E bem na hora em que venceu, ele subiu na grade do octógono e apontou para a direção do nosso camarote.

Obrigada, amigo. Obrigada por isso.

Quando entrevistado, minutos depois, ele deu uma declaração que mostrou por que eu o amo. Porque somos melhores amigos.

— Essa vitória não é minha. É da minha melhor amiga, Pâmela, e de todas as mulheres que foram abusadas pelo Animal, mas nunca viram a justiça ser feita. É de todas as mulheres vítimas do machismo praticado por todos nós. Que hoje elas possam carregar um sorriso no rosto, porque mais um Abusador foi derrotado.

Obrigada por esse presente.

Depois da denúncia ao vivo, finalmente a MFL abriu os olhos.

Grupos feministas montaram casos sobre ele. Trouxeram trechos de entrevistas.

Mulheres foram à delegacia prestar queixa. Eu inclusive.

A MFL resolveu suspendê-lo, assim como fez com Toni. Também começou campanhas para que as mulheres fossem menos objetificadas nos ambientes de luta.

Em pequenos passos, estávamos mudando nossa realidade.

Eu estava muito feliz de fazer parte disso e, principalmente, de tê-lo ao meu lado. Quando eu denunciei, ele estava lá. Nas entrevistas para a mídia, sempre ia comigo. Em gravações, estava por trás das câmeras. E eu sabia que sempre poderia contar com ele.

É por isso que mal vejo a hora de me tornar Pâmela Paiva Salles, sua esposa.

CENA BÔNUS

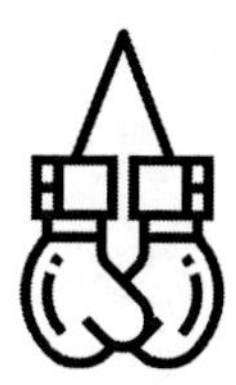

TONI

Homens não costumam sonhar com o dia do seu casamento. Não crescemos sendo ensinados a isso. Com a família disfuncional que eu tive, essa certamente foi a última coisa que eu tinha em mente na infância.

Eu queria ser jogador de futebol. Sonhava em ouvir a torcida gritando meu nome e correr na sua direção quando marcasse um belo gol.

Mas, como sempre, a vida nos reserva coisas diferentes. Eu era um péssimo jogador de futebol e acabei descobrindo que queria muito me casar. Cada dia que passava eu queria mais. E isso só reforçou que a nossa infância nem sempre define nossa vida adulta.

Enfim, o momento chegou. O de me casar com a mulher da minha vida.

Por meses, estive ao lado dela durante o planejamento. Secretamente, gostava de acompanhá-la em provas de buffet, decoração e outras coisas. Só era um saco provar o terno, isso eu dispensaria fácil. Felizmente, duas vezes foi o suficiente.

Pâmela tinha o desejo de casar na praia. Para o nosso azar, o estado de Nevada não tinha um centímetro de mar. Por conta disso, decidimos nos casar em Clearwater Beach, na Flórida.

A praia de areia branca e água clara foi superrecomendada pelos milhares de sites que olhamos na internet. A cerimonialista que contratamos falou maravilhas sobre o local e os cinco outros casamentos que tinha feito lá. Voamos sozinhos para lá por um fim de semana para conhecer e nos apaixonamos. Pelo local e ainda mais um pelo outro.

Chegamos há quatro dias. No primeiro, resolvemos alguns dos pepinos para o casamento. No segundo, todos os nossos amigos chegaram. Fizemos nossas despedidas de solteiro. Felizmente, passei ileso por ela, mas bem alcoolizado. Pâmela também, mas as amigas dela a fizeram sair com um microvestido branco e um véu pequeno. No terceiro dia, nós tivemos um jantar de ensaio, algo supercomum aqui nos Estados Unidos e que a cerimonialista insistiu que era importante.

Hoje, no quarto dia, fui proibido de procurar minha noiva. Aparentemente, ela está tendo um "dia de princesa". Para que ela não seja atrapalhada em nenhum momento do dia, decidi que ficaria com as crianças. Carla, nossa babá, veio conosco para o casamento, mas eu disse a ela que poderia aproveitar o dia de folga, já que estava trabalhando *full time* por conta dos nossos compromissos desse fim de semana. Há cerca de duas horas, eu a vi pela minha janela caminhando em direção à praia. Não estava sozinha. Tentei entender o que acontece com os dois há tempos, mas desisti. Esperava que o clima de romance os unisse de uma vez.

Lorena joga um brinquedo na direção de um espelho e me chama a atenção.

Lembro-me que, com esses dois, não posso me distrair. Desde que começaram a dar os primeiros passos, algo pode dar errado com muita facilidade. Pedro continua sendo a metade calma dos gêmeos, mas ainda assim nos assusta. Como quando ele engoliu um botão de uma camisa minha.

Cada dia nessa vida de pai é uma surpresa, mas eu amo cada segundo disso.

O dia passa tranquilo, até umas quatro da tarde, quando ouço batidas na porta. Vou abri-la, mesmo sabendo que é a organizadora do casamento.

— Olá, senhor Salles. Está na hora de se vestir.

Ela entra no quarto, com um time atrás. Carla pega meus filhos pela mão e os retira do quarto para vesti-los. Meus amigos espalham-se pelo quarto: Jonah já veste o terno e é o único que aparenta estar pronto; Declan está de bermuda, os pés cheios de areia e um sorriso que não sai do rosto; João, primo de Pâmela, que se tornou um bom amigo, pendura o blazer para vestir depois, mas já está com a camisa do terno e a calça; Gustavo, agora noivo de Karen, veste jeans e uma camiseta. Tomo um banho rápido enquanto eles se vestem. Quando saio, o fotógrafo da equipe começa a registrar cada momento. Nós nos arrumamos rápido e alguém estoura um champanhe, que eu só finjo beber. Não quero começar a me embebedar rápido, porque quero estar bem alerta quando essa noite terminar.

O tempo passa rápido e logo a cerimonialista nos convida a descer para recepcionar os convidados. Vejo Declan se mover rapidamente em direção à Carla, que está linda em um vestido azul-claro florido. Ela está com Lorena no colo, enquanto Pedro senta-se comportado ao lado dela. Meu melhor amigo pega meu filho no colo e fica conversando com Carla, assim posso me ocupar em cumprimentar os convidados.

Decidimos nos casar no pôr do sol. Em Miami, nessa época do ano, ele costuma se pôr entre 18h30 e 19h, de modo que escolhemos nos casar às 18h30. A cerimônia seria rápida; contamos que o sol desça do céu em algum momento importante dela.

Pontualmente às 18h25, a cerimonialista vem até mim e pede que eu me posicione perto do altar. O fim da tarde já se anuncia, mas há luz o suficiente para que eu veja a filha de um dos professores do meu centro de treinamento entrar de mãos dadas com meus filhos. Queríamos que eles carregassem as alianças, mas são muito pequenos para tal tarefa, então os dois só entram carregando buquês. Logo após chegarem ao altar, a marcha nupcial começa a soar e eu a vejo.

Pâmela escolheu um vestido de tecido leve. Não sei descrever vestidos, muito menos o material, mas certamente é algo que combina com o clima de praia. Ela não usa sandálias nos pés, nem nada. Decidimos que o melhor era estarmos descalços.

Mas não é o seu vestido ou seus pés que chamam a minha atenção.

São seus olhos.

A forma como seu rosto brilha ao caminhar na minha direção.

O jeito como ela ilumina tudo ao meu redor.

E é nessa hora que o sol resolve se pôr. Bem enquanto ela caminha na minha direção, o céu muda de cor.

Ela me alcança.

Nossas mãos se entrelaçam.

Sorrimos um para o outro.

Prometemos ser fiéis na alegria, tristeza, saúde, doença, todos os dias de nossas vidas.

Nós nos beijamos.

Somos marido e mulher.

E escolhemos viver felizes para sempre.

DECLAN & CARLA

DECLAN

Queria dizer que tinha ficado responsável por cuidar de Lorena e Pedro enquanto Pâmela e Hook viajam em lua-de-mel porque gosto dos pequenos e dos meus amigos, mas seria mentira. Claro, eu amo meus sobrinhos emprestados. E cuidaria com prazer deles por quantos dias fossem para que meus amigos possam celebrar seu amor, mas meus motivos são egoístas.

O motivo de eu ter aceitado ficar com os dois começa com Car e termina com la. Essa mulher está me deixando maluco.

Não era nenhuma dessas psicopatias de pessoas que veem alguém uma única vez e precisam tê-la a qualquer custo. Longe disso. Foram apenas sensações únicas, que não sei descrever, mas que nunca senti nessa vida. Sentimentos que surgiram rapidamente com outras pessoas no decorrer da minha vida, mas nunca ficaram de vez. Nunca foram tão sérios, tão duradouros.

E eu já estou divagando como um filósofo maluco, mas há quanto tempo nos conhecemos? Um ano pelo menos, com toda certeza.

Nesse exato momento, estou fazendo qualquer coisa, menos divagando. Estou deitado no chão da sala com Lorena no meu peito. Meus ouvidos estão bem apurados em uma conversa que está acontecendo na cozinha da casa do casal 20. Aceitei passar esses dias aqui, porque é uma casa preparada para bebês, totalmente diferente da minha, mas isso não vem ao caso no momento. Acordei há algum tempo e ouvi Carla falando com a mãe sobre mim. Não queria ficar nessa posição de ouvir escondido, mas essa era — definitivamente — uma conversa que eu tinha interesse de saber mais. De todo jeito, levantar daqui agora e mostrar que eu ouvia cada palavra só causaria problemas: Lorena iria acordar, Carla desligaria a ligação e eu ia ficar sem saber. É por isso que me mantive calado até que o assunto mudou para outros tópicos. Em resumo, ela dizia à mãe como tinha sido o casamento e que eu, mais uma vez, tinha pedido para sair com ela.

É, eu fazia isso com frequência. Tínhamos uma rotina: eu convidava, ela negava, nós dois seguíamos a vida até a próxima oportunidade que eu tivesse de sugerir outro encontro.

Eu tentava me espelhar nas histórias dos meus amigos, já que elas são meio que motivadoras. Começando por Toni e Pam: meu melhor amigo precisou de um choque de realidade para descobrir que tinha um problema e remodelar toda a sua vida. Ela, por outro lado, teve coragem de deixar toda a sua vida para trás, a fim de oferecer uma melhor para os seus filhos. Os dois se ajustaram até estarem prontos para reescrever sua história.

Eu já estou divagando de novo e nem falei dos outros casais do nosso grupo, merda.

Para facilitar a minha vida, Lorena acordou. Ela começou a se remexer no meu peito por cerca de dois segundos, até que berrou. Seu choro foi ouvido por toda a casa. Aquela criança não tinha problemas nos pulmões.

— Depois dessa, eu tenho certeza de que Declan acordou. Preciso desligar — comentou com a mãe do outro lado da linha e eu ouvi seus passos pela casa.

Era uma vez meu plano de ouvir a conversa, caso ela voltasse a ser sobre mim.

Eu me sentei, ainda com o bebê apoiado no peito. Treinei minha melhor cara de quem tinha acabado de acordar até que ela viesse para o meu campo de visão.

— Obrigada, Dec. — Era assim que Carla me chamava quando estávamos sozinhos. Com outras pessoas ao redor ela tenta ser mais formal. — Quer que eu a acalme?

Neguei, porque eu já estava craque em acalmar a pequena. Decidi usar a criança para derreter o coração da minha babá preferida. Mulheres adoram homens com bebês, certo?

Lorena e Pedro são muito diferentes, mas uma coisa os dois têm em comum: gostam que cantemos baixinho até que se acalmem. Enquanto meus amigos o faziam em português, eu — que sei apenas o básico para me comunicar nessa língua — preferia uma que minha mãe sempre cantou para minhas irmãs. Levantei-me e fui em direção à cozinha sussurrando as palavras. Carla veio comigo.

Eu já tinha entendido que não seria nada fácil começar algo com ela. O fato de morarmos em cidades diferentes não atrapalharia em nada porque o trajeto é curto, mas o fato de trabalhar para o meu melhor amigo a deixa inibida. Acho que não quer pensar no que aconteceria ao seu emprego caso nosso relacionamento não desse certo. Pelo menos essa é a teoria que eu defendo. De todo jeito, é bobagem. Eu nunca deixaria que isso refletisse na vida profissional dela. Só teria que provar que estava falando sério sobre nós dois.

Assim como ela, não sei se eu arriscaria minha fonte de renda por um encontro. Só que eu já tinha aceitado que meu desejo por essa mulher ia muito além de um encontro, uma trepada. O que eu queria mesmo era fazer de Carla minha garota.

Namorada, mulher, esposa, todos os substantivos possíveis.

Droga. Vai devagar.

O problema todo dessa situação era esse: eu não conseguia mais ir devagar, porque em um ano convivendo com ela, conhecendo alguns dos seus gostos e manias, acabei me apaixonando. Esperei a vida inteira por uma mulher que me tirasse dos eixos e Carla fez mais do que isso. Ela explodiu todos os eixos, zero possibilidade de reparo. Estou com os quatro pneus arriados por essa mulher. Esse mulherão. Imagina um relacionamento com ela? Descobrir *todas* as suas coisas favoritas e apresentar as minhas? Deixá-la conhecer minha família, minha casa, minha rotina... Deixá-la me conhecer. Se ela um dia ceder e disser sim para nós, vai ser incrível, mas ao mesmo tempo não. Sei que não vai sobrar nada de mim para contar a história se um dia tudo acabar, porque já sou um trouxa apaixonado.

Esse é o exato motivo de eu não me apegar a ninguém de verdade até agora. Sou muito trouxa. Muito mesmo. Não sei amar aos poucos e todo mundo nessa vida acaba me decepcionando em algum ponto. Já passei por isso com amigos, família, até bichos de estimação. Por que uma morena de 1,83, sorriso fácil, divertida, inteligente, corpo escultural e o cabelo cheio de molinhas vai passar pela minha vida de forma tranquila? Ela vai acabar comigo. O Rei dos Trouxas.

Porra, é por isso que eu não falo. É só abrir a minha torneira que essas coisas começam a sair.

Lorena parou de chorar rapidinho. Carla sugeriu que eu a colocasse para dormir no berço e eu fiz isso. A babá eletrônica estava na cozinha, onde ela cortava batatas.

— No que eu posso ajudar? — perguntei, mesmo sabendo que não cozinho bem.

Só não morri de fome até hoje porque pago uma cozinheira.

Você pode pensar que eu estava nervoso ou qualquer coisa dessas por estar sozinho no mesmo espaço que a mulher por quem estou apaixonado. Antes de qualquer conclusão, deixa eu explicar. Eu tenho zero problemas em lidar com mulheres. Se eu realmente quisesse, eu poderia convencer Carla a sair e dormir comigo, porque aprendi tudo que é preciso para seduzir as mulheres — pelo menos a maioria delas. E eu quero convencê-la, não tenha dúvidas disso. Só que eu sei que vai ser como naqueles filmes em que todo mundo acha que uma vez vai ser suficiente, mas não é. A gente promete só mais uma, mais outra e, quando vê, está completamente apaixonado. Eu sou esse tipo de cara. Aquele que sabe que não pode se apaixonar, mas vai. Lembra que eu comentei que *já estou apaixonado?* Então. Imagina o estrago que seria seduzir essa mulher sem ter absoluta certeza de que ela sente algo minimamente parecido com o que eu sinto? Seria um pesadelo.

É por isso que eu estava dando sete passos de distância antes de realmente usar todas as minhas técnicas de sedução há muito tempo aprimoradas. Ninguém quer ser trouxa de graça, o Rei dos Trouxas. Se é para me envolver sério e sofrer com isso, prefiro ficar na minha. Fico só daqui marcando presença e chamando-a para sair em todas as vezes que nos encontrarmos, porque não consigo me conter. Quando souber que ela quer ao menos tentar alguma coisa séria, vou com tudo. Por enquanto, melhor pegar leve.

— Se importa de preparar um suco para bebermos?

— Carla — disse, parando de frente para ela, do outro lado da bancada. Ela parou de cortar a batata e me encarou, achando que eu falaria algo a respeito. Tirei a faca da sua mão e a batata da outra e juntei suas duas mãos com as minhas ao redor. — Faço o suco sim, mas... pensou no que eu disse?

Ela abriu um largo sorriso, já sabendo do que eu falava.

— O que você disse mesmo? Acho que esqueci.

Sorri também, porque ela sabia exatamente quais seriam as minhas próximas palavras. Estamos juntos nessa casa há três dias, desde que nossos amigos se casaram, e eu amava que ela já tinha entrado na brincadeira.

— Você prefere sexta ou sábado, às 18h ou às 20h, restaurante, bar ou cinema? — perguntei, como sempre fazia.

— Acho que são muitas coisas para escolher de uma só vez.

Opa, isso era uma mudança no roteiro. Normalmente, ela me responderia que eu poderia escolher, desde que fosse no dia 30 de fevereiro. Sim, ela repetia essa frase todas as vezes.

— Isso era um plano para me deixar sem ter o que dizer? Porque eu realmente posso perguntar uma coisa de cada vez e esperar pacientemente pela sua resposta, desde que isso implique em nós dois tendo um encontro quando nossos amigos voltarem.

Ela sorriu de novo, com um daqueles sorrisos que aparecem todos os dentes.

— Pergunte.

Eu que não conseguia conter o sorriso agora.

— Sexta ou sábado?

— Os dois dias são ruins para mim, porque é quando a Havana tem mais movimento. Costumo ser solicitada para trabalhar nesses dias.

— Segunda? A Havana nem abre.

— É meu dia de folga.

— Às 18 horas? 20 horas?

— 18 horas — respondeu de pronto.

— Restaurante, bar ou cinema?

Um sorriso lento escorregou pelos seus lábios.

— Surpreenda-me.

CARLA

— *Mama*, o que que 'cê tá fazendo? — Corri para impedir que minha mãe, 55 anos, subisse em um banquinho todo frágil que a gente colocou na cozinha. Essa mulher me deixa doida.

— *Avemaría, hija*. Assim você me mata de susto! — ela disse, enquanto se apoiava no móvel, pronta para subir. Ufa, impedi a tempo. — Que foi, Carla? Não estou fazendo nada de mais.

— *Mama*, a senhora inventando moda de subir nesse banco. É frágil, mulher. Depois de velha fica arrumando história de cair daí?

— Olha só, velha é a sua *abuela*, tá? Vê se pode uma coisa dessas! E eu ia subir bem rápido, *hija*. Não ia acontecer nada não.

— Rápido ou devagar, pode arrumar uma coisa mais confiável da próxima vez? — disse, enquanto ia até o lugar onde ela estava e pegava o pote que quase a fez cair. Diferente da minha mãe, que é pequena demais, eu cresci. Acho que é herança do pai que nem conheço. — Imagina se você cai e eu não estou em casa?

— Mas não caí e você ainda está aqui. Onde você vai que hoje não é dia de ir para a aula?

— Vou encontrar a Pâmela.

— Mas você não disse que ela ia te dar folga hoje por ter ficado com as crianças direto?

— Ela voltou de viagem ontem, segunda, e marcou de almoçar com as amigas hoje, aí perguntou se eu queria ir junto. A senhora vai ficar bem aí?

— Vou, *niña* — responde, caminhando até a bancada onde voltou à sua receita. Minha mãe passa metade do seu tempo cozinhando, sempre passou. Não é porque me seguiu para os Estados Unidos e não precisa mais fazer comida para o batalhão de parentes que sempre apareciam na casa dela que a mulher vai parar. — Eu tenho que terminar isso aqui e continuar aqueles exercícios. Não aguento mais tentar comprar *pollo* ou qualquer coisa e esses americanos não entenderem.

Sorri, porque mesmo com todas as dificuldades, minha mãe estava se saindo muito bem no novo país. Beijei sua testa.

— Se cuida. Qualquer coisa, me liga que eu volto correndo.

— Vai logo, *chica*. Vai ficar tudo bem aqui.

Eu fui. Pensando em como as coisas estavam diferentes agora. Mais de um ano se passou desde que estou em Nevada. Seis meses desde que minha mãe chegou aqui. Tudo mudou mesmo. Contei em casa sobre os planos de me mudar e minha família aprovou a ideia. Exceto minha mãe, que achou um absurdo eu ir sozinha para outro país. Tentei explicar que era uma grande oportunidade, mas ela foi firme em discordar. Pedi que ela viesse junto, mesmo acreditando que nunca deixaria sua casa para trás. Ela é aquela típica mãezona, que tem mais filhos do que aqueles que saíram do seu ventre. Fora os netos. E os bisnetos. Mas mãe sempre foi a minha cola. Eu continuava vivendo com ela até hoje, porque ela é minha melhor amiga. Dizem que todos têm a sua alma gêmea e minha mãe é a minha. Felizmente, ela estava se adaptando muito bem à nova cidade. O idioma ainda era um problema, mas ela estava aprendendo. Assistimos a muitas séries juntas para ela treinar o inglês que aprendeu com uma professora nos meses que antecederam sua viagem. Eu vim primeiro, porque tinha aulas de enfermagem para começar. Ela veio depois quando conseguimos preparar sua documentação.

Nas aulas, conheci Karen, que me indicou para trabalhar como babá para a melhor amiga dela. Felizmente, os horários que fico com Lorena e Pedro não atrapalham minhas aulas, já que Pâmela e Toni adoram cuidar dos próprios filhos. Hoje, por sinal, ele estava de olho nas crianças para que Pam pudesse sair com as amigas. No tempo em que estou aqui, acabei me afeiçoando à Karen, à família Salles e aos outros amigos do grupo. Um em especial, que eu evitei falar até agora: Declan.

Argh, ele.

Queria dizer que era fácil, que tudo aconteceu perfeitamente, mas não. Quem me garantiria que o fato de agora morarmos na mesma cidade faria tudo dar certo? Que nós teríamos um tórrido romance, nos casaríamos e seríamos felizes para sempre? E quem garante que ele só estava investindo na gente, porque não sabia que eu voltaria para a Argentina quando tudo acabasse? Porque essa era a verdade. Passei tanto tempo evitando aceitar sair com ele, simplesmente porque daqui a nove meses eu iria embora. Esse país me expulsaria, já que minhas aulas teriam chegado ao fim.

Só que, dormindo debaixo do mesmo teto que ele, eu simplesmente não pude mais dizer não. Saímos ontem, quando o casal voltou, mas em todos os outros dias depois que eu disse sim, senti que estávamos mais próximos. Minha mãe dizia que eu precisava conhecer um pouco mais o país, sair, conhecer pessoas. Que se eu não estava trabalhando ou na faculdade, estava estudando em casa. Mas tenho certeza que ela diria para eu correr dele, se soubesse o que eu estava sentindo.

Sabe quando seu coração sente que encontrou aquele que lhe corresponde? Eu estava assim desde que coloquei meus olhos nele.

Sinto que aguentei firme por muito tempo. Um ano trabalhando para os melhores amigos dele, dando a desculpa de que não poderíamos ficar juntos por causa disso. Dando várias outras desculpas que surgiam na minha mente. Mas a verdade é que eu tenho medo.

Quem seria louco de entregar seu coração e sua alma a uma pessoa, se esse relacionamento tivesse prazo de validade?

— Eu vou embora — soltei de uma vez, sabendo que de outra forma não teria coragem.

— Mas a gente nem começou a comer... — comentou. — Aconteceu alguma coisa?

Ele me levou a um restaurante mexicano para aproveitar outra segunda-feira de folga. Disse que, já que Lorena e Pedro monopolizavam minhas noites de terça a domingo, ele queria ter o direito de sair comigo nas segundas.

— Não agora, não daqui. Eu vou embora dos Estados Unidos.

— Para onde? Por quê? Quando? — disse, franzindo o rosto.

— Argentina, o país de onde eu vim. Estou aqui para fazer uma especialização, mas ela vai terminar e eu precisarei voltar para casa. — Nós ficamos em silêncio por uns minutos, apenas nos encarando. — Não quero pressionar você ou exigir nada sério. É só que... Fiquei cautelosa esse tempo todo, porque nossas casas são em países diferentes, mas não consegui resistir. Achei que você precisava saber que daqui a alguns meses vou precisar te deixar. Antes que nós dois comecemos a desenvolver sentimentos um pelo outro.

Ele olhou tão fundo nos meus olhos que, com o perdão do clichê, sem brincadeira, parecia que estava lendo toda a minha alma e as minhas emoções. Eu simplesmente derreti. Ele pegou minha mão direita na sua esquerda e beijou o lado de dentro do meu pulso.

— O que eu preciso fazer para te convencer a ficar?

Eu queria dizer a ele que não precisava de muito para me convencer a ficar, mas era mentira. Quando eu me formasse, Trump ainda estaria no poder e a caça dele aos imigrantes me assusta. Duvido que eu poderia ficar nesse país.

— A questão não é me convencer, Dec. Eu quero isso. Quero tentar com você. Mas eu não sou daqui e, em breve, não terei nenhum vínculo com o país. Duvido que o Governo permita que eu fique.

Ele esticou o corpo por cima da mesa. Segurou meu rosto com uma das mãos e me deu beijo longo, que tirou todo o meu ar.

— É, você está certa, eu estou errado. Não preciso convencer você a ficar, preciso encontrar uma razão para você *ter de* ficar. É que eu estou com meus quatro pneus arriados por você e nós mal começamos a sair. Não queria ter que pensar no futuro, em você me deixar quando nós estamos apenas começando. Sou grudento e um pouco carente, Carla, é bom que você saiba disso logo também. Mas tem uma coisa que não mudou só porque descobri que você vai embora: estou louco por você e preciso que você me dê uma chance.

— Mas... Eu não vou ficar nos Estados Unidos para sempre. Mesmo assim você quer tentar?

— A gente pode pensar nisso quando chegar a época, não? Eu também não pretendo ser um lutador de MMA para sempre. Se existe a remota possibilidade de você querer algo comigo, Carla, eu te peço: me dá uma chance.

— Todas as que você precisar.

Ele sorriu preguiçosamente.

— Sabe que eu vou usar isso contra você nas vezes em que eu pisar na bola, não sabe? — Balanço a cabeça e ele se estica novamente para me roubar um selinho. — Vamos deixar acontecer, Carla. Se até o final do seu curso estivermos apaixonados um pelo outro, eu me mudo para a Argentina com você e venho a Vegas apenas para as minhas lutas.

Uau.

Okay, isso é algo grande. Ele vai largar a vida nesse país, os amigos, só para ficar comigo?

— Você tem certeza?

— Absoluta — respondeu de imediato. — Temos um acordo? — Ele estendeu a mão para mim.

— Temos um acordo. — Apertei a sua, selando nossas negociações.

Spoiler: quando chegou o fim do meu curso e era hora de ir embora, estava mais do que apaixonada por Declan. E a recíproca se mostrou verdadeira, já que ele cumpriu a promessa.

AGRADECIMENTOS

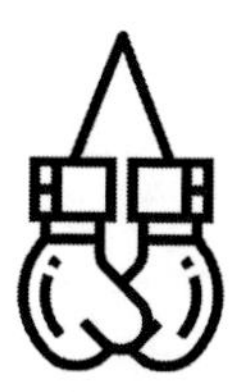

Se tem uma coisa que eu nunca pensei que faria era finalizar esta história. Eu já tinha tentado tantas vezes, sem gostar de verdade, que acabei desistindo. Mas se hoje você está com este livro em mãos, saiba que algumas pessoas foram as grandes responsáveis, e eu gostaria de citá-las aqui para dizer por quê.

Roberta Teixeira, que me mandou parar o que eu estava fazendo e terminar este romance, porque acreditou no potencial dele. Eu nunca vou me cansar de dizer obrigada por tudo que você faz por mim, pela minha carreira.

Déborah Rodrigues, Érika Ferreira, Paula Tavares e Sueli Assis, as quatro responsáveis pelas melhorias em cada linha desta narrativa. Eu já agradeci, mas, de novo, obrigada pelo apoio, os tapas, os "escreve de novo", "não ficou bom", "está maravilhoso", e as lágrimas derramadas. Não largo vocês por nada.

Falidas. Ah, falidas... O que seria da minha vida sem vocês? Obrigada por me segurarem pela mão quando eu penso em desistir. Sou tão grata por ter encontrado vocês!

Gisely, que fez uma capa que me deixou sem palavras. Sou sua fã.

Minha família, que muitas vezes é deixada de lado porque eu preciso escrever e cumprir prazos. Amo vocês, obrigada por todo apoio.

E você, que está levando meu lutador para casa. Que se inspire nele para conquistar o que você quiser na vida: cura para uma doença, realizações, o amor da sua vida... Obrigada pelo apoio em comprar este livro. Espero que Toni encontre um espaço para morar no seu coração.

Com amor,
CAROL DIAS

PLAYLIST

- ♫ Jealous - Nick Jonas feat. Tinashe
- ♫ Wildest Dreams - Taylor Swift
- ♫ Good For You - Selena Gomez
- ♫ There Goes My Baby - Usher
- ♫ Me & My Girls - Selena Gomez
- ♫ Believer - Imagine Dragons
- ♫ Meant to be - Bebe Rexha feat. Florida Georgia Line
- ♫ To Pimp a Butterfly - Kendrick Lamar (o álbum inteiro)
- ♫ Pesadão - Iza

A The Gift Box é uma editora brasileira, com publicações de autores nacionais e estrangeiros, que surgiu no mercado em janeiro de 2018. Nossos livros estão sempre entre os mais vendidos da Amazon e já receberam diversos destaques em blogs literários e na própria Amazon.

Temos o nosso próprio evento, o The Gift Day, onde fazemos parcerias com outras editoras para trazer autores nacionais e estrangeiros, além de modelos de capas.

A The Gift também está presente no mercado internacional de eventos, com patrocínio e participação em alguns como o RARE London (Fevereiro) e RARE Roma (Junho).

Somos uma empresa jovem, cheia de energia e paixão pela literatura de romance e queremos incentivar cada vez mais a leitura e o crescimento de nossos autores e parceiros.

Acompanhe a The Gift Box nas redes sociais para ficar por dentro de todas as novidades.

 www.thegiftboxbr.com

 /thegiftboxbr.com

 @thegiftboxbr

 @thegiftboxbr

Impressão e acabamento